akiyama shun

秋山 駿

簡単な生活者の意見

Kodansha Bungei bunko

目次

簡単な生活者の意見

団地という町

団地という町。

そこは二十年前には松林だった。樹が引っこ抜かれる。地面がならされる。後にはコンクリートブロックが積まれる。

まるで積木の家の群れ。玩具の箱庭の風景。それだけだ。何もない。まったくニュアンスというものを欠いている。生のニュアンスのみを糧とする、あの繊細さというものがない。つまり、精神の声がない。文化というものがない。秘密だけが育てる独自なものが、ここからは発生しない。

それは養鶏場を思わせる。器械的に餌を取り、寝て、そして卵を産む。これは見事な現代文明の創造の一つである。われわれの生もそれにならう。これはわれわれの生存そのものが、現代的な大量生産品の一つになったことを証明している。

この生の様式は、そこに生存する者の「私」の否定である。これは意味深い徴候だ。人はもはや一人の運命を持って生きる存在ではない。ただコンクリートの穴があればよい。そこをわれわれは、大量の生産と大量の衰弱死とを繰り返しながら、単に通過してゆく。

ここでは、壁の汚点すらもが何も語っていない。それはコンクリートの乾燥によって生じた汚点である。煙草による汚点ですらない。もはや『白痴』のイッポリート少年のように、壁の汚点の上に秘密の思想を描く、などという形式は不可能である。

二十年前の光景。ぞろぞろ、ぞろぞろ孕《はら》んだ女が通る。道行く人の三分の一くらい。ちょっと気味の悪くなる光景。いや、というより、むしろ新鮮な、グロテスクな光景だった。すなわち、子供を産むということが、男と女の性の問題ではなく、ブロック群の設置という巨大な操作によって左右されるという、現実的な痛快な感覚。では、死はどうする？　新しい人間の哀しさ、いや滑稽さの演出がそこにある。この役割を、われわれは上手く踊ることができるだろうか。

孕んだ女。孕んでいることを見せびらかす女達。孕んでいるということで、すべての場所への通行証を得たと思っているような、鈍重な表情。

いかにも彼女達が主権者だ。ここでは、生活のすべてが、いかに単調に、いかに計画的に、子供を産むかということに集約される。産むための町だ。

したがって、いかなる性的なニュアンスも、この町には存在しない。性的なニュアンスを漂わせるもの、バー、キャバレーの類、時には珈琲店すらもが、その周辺に存在することは許されない。

二十年前の光景。新装の理髪店ばかりがキラキラとした存在だった。それは不思議に西部劇映画の描く光景と一致する。新出来の開拓地。しかし、理髪店とは何だろうか。それは社交への関心がまだ失われていないことを示す一つの機会である。野原に町を建設しつつある社会の尖兵といったものだ。

大根の葉でも刈るように髪を切る理髪師達。野原に美容の観念はない。あるのは雑草刈りの技術だ。

同じような遣り方で町を造ったのだ。

雨の日、貧相な駅舎の階段の下に、点々と女の雨靴が脱ぎ捨てられたまま並ぶ。若い女達がそこで靴をはき変えて出勤する。舗装された都会では、もう雨靴では恥かしいからである。せめてもの女らしさ。脱ぎ捨てられた雨靴は、じっとそのまま主人の帰りを待つ。誰も蹴飛ばさない。それはあたかも彼女達の帰宅を待つ空虚なコンクリートの部屋のシムボルのようだ。

二十年後の光景。その部屋を——「ここは私の家よ」と呼ぶ団地二世が成年に達する。その言葉を、若い娘の口から率直に聞いたとき、私は或る鮮烈な感動を覚えた。なんというか、刈られても刈られても次々に芽を出す、この不抜の人間植物というようなものへの。

二十年前、松を抜き去ったその後へ、ひょろひょろとした桜を植樹した。それはマッチ棒の細工物を見るような感じで貧しかった。それが桜並木に成長して、いまでは桜祭りが行なわれる。ずっと以前から人々がそうしてきたかのように。そのようにこの団地という町も根付いたのだろうか。

二十年もすれば、新しい世代が育つ。彼等にとっては、それは見慣れた町の風景である。いまやこの新開地は、団地と駅を二つの中心とするところの、新興都市の様相を呈しつつある。むろん、都市という言葉が身をすくめるようなミニチュア版だが。

この町の建設者はこう思ったに違いない――なんでもいい、造ってしまえ、二十年もすればどうにでもなる、形が出来、生き物になってしまう。

その通りだ。よくもわるくも、その通りになってしまう。

こういう考えは、一見親切そうでもあり、必要な思考のようにも見える。しかし、嘘だ。これは人の弱味を衝く考え方である。他に代用する手段を何も持っていない群れを前にしたときの思考である。

何かしら冷酷な、無関心な考え方である。人の生は任意に変形し得るものであり、人の心こそもっとも扱い易い品物である、というような考え方。それは養鶏場を眺める視線のようなものだ――生きているのだから文句を言うな。われわれの所有する政府は、代々そんな考え方を実行してきた。

百年前、『米欧回覧実記』の記述者は、そのお手本を新興国家アメリカに見て、実に印象深げに書き留めている。アメリカ人が、どうですこの見事な都市は、と言って眼配せする――ここは三十年前はただの野原に過ぎなかった。どうですこの波止場は――ここは二十年前には何もなかった、と。

たいして考えることは要らない、二十年もすれば何でもかたがついてしまう。この国の建設者の思考はいつもそんなぐあいだ。しかも鼻持ちならないのは、彼等は真の建設者ではなく、いわばお手本を先進国に見て、コピーの安易な心理でそれを実行している点だ。このような考え方には、やがてわれわれが復讐しなければならない。拒否しないかぎり、それはいつまでも日本的な思考として持続する。

しかし、二十年経った今日でも、一軒のうまいソバ屋も、うまい珈琲店もない。この町の住人は、飲食はするが、雰囲気は食べない。ニュアンスは食べない。そのようなところには、町を飾るあの「綺麗な女の子」という存在が見当らない。綺麗な女の子のいない町などが、町と呼べる代物だろうか。

団地の住人は、醜くもなければ、美しくもない。美であれ醜であれ、何かそのようなものを形成する因子、どんな微細な量であれ何かドラマティックなものが、生活から欠けているからである。

秘密の思想の痕跡といったものは何一つない。

本当の古本屋というものがない。つまり、生のニュアンスを沈澱させ、再生する構造がない。それでは文化は成立しない。だからこれは本当の町——生きた有機体ではない。

なるほど、古本屋も出来つつあるところだが、それは貸本屋兼業であって、新刊本の安売り店といったところである。いわば、この町を底から支配しているスーパーマーケット精神の一つの表現に過ぎない。

この町は、都市を構成する生きた細部としての町の、ミニチュア版である。新出来の、模造の町である。商店ではなく、スーパーマーケットがその象徴だ。人々の風俗は、たぶん中央線沿線のスタイルを模倣している。

ミニチュアの町に住む者は、ミニチュアの人間になる。スーパーマーケットの形態が精神の内部にも根を張っている。

この町の住人としてのわれわれは、どこか新種の猿のような様子をしている。私もその一員だ。時折、遠い思い出のような羞恥をふと思い出す。

狭い敷石の道の上で擦れ違うときの、あのぎごちなさ。うまく挨拶して身をかわすことができない。ぶつかるか、最初から避けている。

精神においても身体においても、しなやかさというものが、およそない。敏捷さも、活発さもない。すべて潑溂たるところがない。

鈍重な視線。陰気な表情。贋のわざとらしい甲高い笑い声。自然に笑うこと一つだってできないのだ。

同様に鈍い声。歯切れのわるい調子。会話などといえる代物ではない。リズムがなく、抑揚もなく、話法もない。粗々しくぶっきらぼうか、だらだらとしつっこい感じ。

この町にいれば、人間の態度、感受性、動作、行動、心理を表現する言葉は、通常の辞典の十分の一の量で済む。

はにかんだ顔などというのは、見たこともない。三島由紀夫があれほど好んだ「たゆたい」などという語は、どこの言葉か。

われわれが役割として演じているのは、新出来二十年そこそこの町に、生れ育った者が演ずるようなそれである。

これは新形式の野蛮人の形態なのだ。いや、野蛮人といっては彼等の知恵を無視することになろう。新形式の二十年そこそこの未開人なのだ。いや、それにしては未開人の精気もない。

いったいわれわれは何者だろうか?

〔「現代詩手帖」一九七八年七月号〕

I

簡単な生活者の意見

どうもこの頃は、ああやれやれ、と思うことが多い。どちらを向いても、やれやれ、と思う。うっかりすると、風呂に漬っていい気分になりながら、いつの間にかやれやれと独りごちている。むろん、四十男が思わずやれやれと嘆声を発するような対象が、この人生という呆れ返った実在以外にある訳もない。

そして、それ以上に、私はしだいに、人生の或る光景やその中の人間的な急所を眺めても、以前のようには、うっかりした軽率な感想を洩らさないようになった。用心深くなった子供のように、自分を監視する。つまり、何も言う言葉がなく黙り込んでしまうことが多くなった。これを要するに、私はしだいに衰弱しているのであり、いわば、自分は生きにくいと、しだいに深く感ずるようになったのである。

この人生という実在が、私が考えていたような光景のものではないということが、しだいに腹の底深く染み透って感ぜられるようになってくる。そうだとすれば、私は、この生の行程において深く何かを間違ったのであり、過誤の生を生きてきたのだということになる。そしてたぶん、一度書かれてしまったノートが白紙に戻らぬように、もうこの生の訂正は利かない。

私は長い間、たった一本のか細い感情を頼りに生きてきた。それは少年の日の或る決断と、この決断が自然にもたらす生の設計のそこに由来する。私は、それ以後の長い生の行程を歩くために、もしこの人生という実在の中に、もっとも普通の人間のもっとも普通の生活といったものがあるならば、そのモデルを案出し、可能なかぎりこれを模倣しようと試みた。その後会社勤めの十五年を含めて、私はまことに無器用な社会的生活をしている訳だが、辛うじて生のこの態度を持ち続けるということに、あらゆる力を集中した。そのか細い生の感情の照明の下に、一月に一度くらいは、自分の生活のあらゆる細部を点検してみることが、私の唯一の実行であった。私は自分の生にささやかな自信を持っていた。

この自分という奴が、人間の中のもっとも普通の人間である、と私は思っていた。私は何か夢を見ていたのだろうか。ところが、この数年、しだいにゆっくりと時間をかけて、私は、自分が奇妙な人間であって、毀《こわ》れた生の意識を持っているところの何かではないのか、と思うようになってきた。

——そう疑わせるに足る、私の第一歩の躓《つまず》きが、このいわゆる「家族」とか「家庭」とかいわれる存在であって、こういう存在へのごく自然な、日常的な感じ方や考え方が、自分と若干の知人との間では、何か奇妙に食い違っている、という事がしだいに私の眼にも明らかになってきた。たとえば冠婚葬祭というような家族の儀式について、私がごく自然な感想を洩らせば、それが直ちに身近な親しい人間を傷つける、ということに充分になってきた。しかし、考えてみれば、これらの事こそがよく、生存ということについての人の考え方の相違、どんな生き方のスタイルを選び取るかということについての人間の相違、というものを表現しているのではなかろうか。

ことしの正月、もう二十年も会っていない友人から賀状がきて、そこに、去年は親父の死病で大変だったとあるので、私もうっかり、いやそういえば同じく去年、「私の傍で哀れな親父がとうとうくたばったよ」と返事を出したところ、数日後、彼は長い電話を女房のところに掛けてきて、私の葉書の文章を二、三の単語ずつに区切っては分析し、こんな言い方はケシカラヌとか、詳細に批判したそうである。無理もない。彼は、その感傷的な態度を私に嘲笑されたと思ったのである。

われわれは、戦争から敗戦後の混乱にかけての少年だったから、時には家庭を愚劣に思い、時には自分を呪って、いっそ親父など早く死んでしまってくれた方がいいとか、思ったことがあるからである。

彼が、私のことを嘘つきだといったのは、親父が「私の傍で」くたばった、とあったからだ。かねがね、二十年以上昔のその頃から、もう親でもないし子供でもないし、すっかり天涯孤独の身の上のようなものだよ、と言っていた人間が、いまさら親と一緒に住むなどということは腑に落ちぬ、と考えて、わざわざ私の実家へと確かめにいったらしい。むろん私がそこにいる訳がない。それで、この「私の傍で」が偽りだというのだ。ばかばかしい話で、私はただ危篤の電話で駆けつけたのだから、そう書いたに過ぎない。

この友人が一瞬奇妙に感じたように、確かに私は、この二十年、正確に一年に一度ずつ二、三時間しか親父に会ったことはない。自分用の言葉でいえば、あの男の家庭を、敵状視察というか一寸観察してくるという行為になるので、この数年は密かにその死期を測ってみるだけのことだった。

むろん、会っても何の話もない。なにしろ、私は彼の家庭を認めず、彼は死ぬまで私の文学の行為を認めなかった。というより、黙殺した。あの家庭では文学について一語ですら発せられたことはない。私が会社を辞めてしまったのを、一年くらいして知った彼は、不意に十年ぶりかの電話を女房にくれて、まことにくだらぬ奴で申し訳ない、とか言ったそうである。それにどだい、私の顔を見ると老父の心臓病が悪くなるといって、なるべく実家へ来ないでくれというのが、何時だったか近所の医者の診断であり、伝言であった。

この一例が他のすべての場面にも共通する。私は、自分の血縁の家族からはもっとも遠い人間である。彼等を含めた親族の中で、この私の住居を知っている者はほとんどいないし、訪れてきたのは、この十五年間にただ二人が一時間ずつくらいである。むろん、だから反対に私も、兄弟の家を知らない。その子供達の名を知らない。彼等の仕事が何であるかをよくは知らない。言ってみれば、私は、自分の家族親族からはかなり徹底して切り離されている訳で、この状態を、血縁との「綺麗さっぱりとした」関係と私は呼び、むしろ合理的でさえあると感じている。

ただし最近は、こういう状態を、他人に説明しなければならぬ場合があるので、私は時折当惑する。先日も、妹が結婚した亭主を連れてふらりときたので、誤解されぬように解説しておいた。私がその妹に、鉛筆一本、チョコレート一つさえ、与えたことがないということを。その妹と交した言葉の全部を総計してみても、おそらくは一日に友人と数時間話すとすれば、その分量を決して超えてはいないということを。私はその妹が、どこの学校へ行って何をしていたのか、まるで知らない。それを訊くという動機が、私に深く欠けているのである。だから、彼女がいったいどんな人間で、何者であるのか、まるで知ってはいないということになる。こういう場合、兄妹という言葉が、見知らぬ他人という以上の何を意味するだろうか。

しかし、いったいなぜ、そんな事を説明する必要があるのだろうか。現に私の身にあらわれている生の形――核家族と団地住居の、この現代的生存にあっては、この私のような生のタイプこそ、もっとも普通の人間のもっとも普通の生活、といったモデルになるのではあるまいか。率直なところ、私はそれでいいのだと思っている。そして、この思考の根柢にあるものを、自分の生存ということに対しての或る「合理的な感情」と呼んでいる。しかし、どうだろう？　やはりそうではなく、自分という人間の位置をこの日本的な濃い血縁関係の中に置くこと、その方が正しく、その方がより自然であるということになるのか。

実は、私はしばしば、この人間の自然という考えと、自己の生存への合理的な感情との中間に立って、この生の二つの糸筋が奇妙に縺れてくることに悩まされた。そして、器用に解決も出来ないところから、他人の場合には、なるべく人間の自然を尊重し、自分用の場合には、生への合理的感情といったものを優先するようにしたが、時には、この合理的感情をうっかりと外へ洩らしてしまうことがあり、そういう場合には人を傷つけた。ついちょっと以前にも、或る若い夫婦が一人の赤ん坊にひどく悩んでいるのを見兼ねて、私の合理的な感情から、まさか殺してしまえとまではいかなかったが、なるべくごく自然に死んでもらうようにしたら、とか口走って、彼等の自然な優しい感情をひどく傷つけたらしい。深く後悔したが、たぶん私はどこか毀れた人間なのだろう、しばしばこの種の過誤を、自分についても、また他人の生についても、私は冒す。

どうだろう、私のこの混乱は。つい先刻、自分をもっとも普通の人間であるとかいいながら、いまは、やはり自分が奇妙な毀れた生の意識を持った人間ではないか、と感じ始めているのだ。そして、その原因は、この生への合理的感情の故だ。いったいこれは何なのか。

私は奇妙な人間になってきたのか。本当にそうだろうか。いや、そんなはずはない。私はただ自分の生の感覚の中を真直ぐに歩いてきただけだ。ここに書いたようなことは、私一人のものではない。一般的なものだ。仲間の友人みんながそうしていた。その家族や家庭から切り離されなかった種類の者はほとんどいない。そういう場合では、この生の合理的な感情は、ごく自然で、ごく一般的なものだった。その感情は、どこに由来するのか？それはやはり、われわれが、戦争と敗戦後の混乱において見出し、かつ摑み出した生の感覚に由るのだろう——人間は一人ずつ一人きりの生存であるということ。

ところが、この種の生の感情が、しだいに世の中に置き去りにされ、時代遅れになってくるようなので、私はひどく感心している。たぶん私は旧式の人間になってしまい、そして時代は進んだのだろう。現在では、血縁的なものや冠婚葬祭的なものの尊重が、しごく現代的な洒落た行為のように感ぜられているらしい。そういえば、たぶん数年前に、その状態は私の周囲にもう顕在化していたのだ。或る日、おそらく彼はまがいものだろうが全共闘シンパの学生の一人に、いま親とか家族からの切れ方を討議している時だ、といわれ、私は奇妙な思いで彼の顔をまじまじと眺めていた。

さて、だから、現在の私の家族といえば、女房という共同生活者がたった一人で、その営む家庭は、この団地の一室ということになる。後にはほとんど何もない。

そして、思ってみれば、ここに見出される簡単な生存の形こそ、私のような種族というかタイプの人間が、必然的に到達しなければならなかったものである。明治維新、関東大震災、敗戦というこの三つのものによって、私の家と家族、いっそう広くいって血縁的なもの親族的なものは、ほぼ解体し尽されたのである。しだいに崩壊し、分散されていくその状態を、どう仕様もなく歩いてきた。そして、この毀れていく家の末端に、私がいるということになる。しだいに毀れていく或る生の流れが、私において一つの完了に達する、と思いたい。その故に私は子供を欲しない。自分の子供などという考えが、どうしてもうまく考えられない。奇妙にばかばかしいのである。

そこで私には、この団地住居の核家族という生活の形態が、なかなか気にいっている。これは、現代の大量生産品的な生活のモデルで、この点では私も時代遅れではない。ここにあるのは、簡単な生活と、いわば、充分に無力な生存の状態というものである。

私は時折、ここで営まれる生存の感情によって、あのいわゆる人間の一般的な生活の光景を照らし出しては、楽しむことがある。血縁関係全盛の現在の小説や、やはり家族家族と啼いているテレビのホームドラマなどが、よい材料である。なかなか面白い。

たとえば、この無力な生存の状態の中にいると、所有の観念に乏しくなってくる。まず第一に、土地を欲しない。そこで家系が拡大発展するところの、家というものを欲しないからである。次いで、家を欲しないから、財産という観念に乏しくなる。さらに子供も欲しないと、自分以後にも存続する私有財産という観念が、まったく稀薄になる。まるで教科書の二、三行が説く公式通りの生の感情を抱くに到る。われわれが折に触れて笑う冗談は、われわれが死ぬとき、この多量の財産(?)を、いったい誰に呉れてやっていったらよかろうか、ということである。むろん、それはお笑い種だが、本当をいえば、私はそれらを捨てていく、後は知らない、といったイッポリート式の答えになるのだろうと思う。

そして、一言無用の感想を付加させてもらえば、実は私は、その無力な生存の感情の中にいながら、しばしばこの人生という実在の光景を、嘲笑するのである。なぜ人々が、この人生という実在の中では、かくも「家族」に閉ざされることを願い、かくも「私的なもの」を追い、それらを財産の形において保証しようとあせっているのだろうか、と。

人間の生は、家族の形で捉えようとするには、あまりにも深く、広い。そして、現実は、私的なものを追う眼で見るより、もっといっそう豊富で、意外なものであろう。私は漠然と予感するのだが、そして私のようなタイプの人間にはふさわしいことだが、やがていつか、共同の住居による共同の食事というような生活の形が、もう一度真剣に考えられるようになるかも知れない。

さらに無用な感想をいえば、私はこの生の態度の一パーセントくらいのところでは密かにこう思っているのだ。私の人間状態を貫く三つの基本、自分の血縁からの切り離され方と、簡単な生活の形と、無力な生存の状態というそれは、もしかすると、やがてはやってくる新しい現実の場面への、一つの用意というか、一つの生の訓練といったものではなかろうか、と。やがてやってくるものが、新しい戦争なのか、革命といったものか、それとも新しく管理され再編成された生活の形態といったものなのか、それは私は知らない。

——もしかすると、それは、やがてただ一つ確実にやってくるもの、死のための用意かも知れないが。

〔「伝統と現代」第三三号、一九七五年五月〕

中途半端な時間の中で

戦後三十年目だという。三十年経った、と他人の言葉で判然と言われたとき、私はなぜかひどくびっくりした。もうそんなに時間が経ってしまったのか、と思う。考えてみれば、私はこの時間の中を、ただもう目をつむるようにして歩いてきただけなのだ。不意に一時停車の駅名でも告げられたような気分になっている。時間が経つということを、私は数えてもこなかった（この春、往き合う学生の一人が、自分は昭和三十年生れだ、と言うのを聞いたときにも、なんだ！　それじゃ彼は私の子供のような人間ではないか、と思って、ひどくびっくりした）。だが、いまは、敗戦の少年の日以来、自分の生きた三十年間が確実に過ぎ去ったのだ、ということを、確かに改めて強く意識している。――そうだ！　思ってみれば、あたかも正確さある偶然のように、ちょうど敗戦の日の父親の年齢に私は達しているのだ。

どんな心境か、と問う人があるならば、私も答えよう。一口に言えば、すべてがばかばかしかった、と。その三十年は、滑稽な、グロテスクな喜劇のようであった。いや、誇張するのは止そう。

自分の生に即して言うならば、それはいかなる華やかな色彩もなく、乱調子のリズムもない、もっとも単調なる喜劇であった。私がたった一つ育んできたのは、おのれの生への惨めさの意識である。どうしてそんなざまになってしまったのか、自分でもよく判らない。その三十年のどこを切ってみても、私が直面するのは、自分の生のこの歪んだ表情である。私は何かを深く間違って生き、しかも、その間違いの訂正ということを決して肯《がえ》んじないように盲目に歩いてきたらしい（そんな事が薄らぼんやりと判るようになったのも、やっと今日この頃のことだ）。しっかりと、確実に生きてきたような人を見ると、私は羨ましい。

考えてみれば簡単なことだ。私は三十年前の或る日、敗戦時の少年として、これからどんな不愉快な現実が襲ってこようとも、絶対に一人の人間として生き延びてやろう、自分一人の力で歩けるところまで行ってやろう、この手が摑み得る限りのものを見て、経験して、そして静かに去っていこう、と思ったはずなのだ。そして、三十年後のその結果が、つまり、一箇の現実の私という見積り書が、ここにある。だが、ページを開いてみても、それは到る処で真っ白だ。ほんの簡単な数行しか記載することができない。私は、いわば市民的な人間の形を、ほとんど何一つ建設することができなかった。

私は、家も持っていなければ、また、家庭というものもそれにふさわしい形として持ってはいない。砂の上に書く空しい文字のようなものとしてそれはある。十五年くらい会社勤めをしたが、とうとう働く者としての、一人の普通の人間の生活のスタイルを持つことができなかった。そして、私のしたことと言えば、自分の周囲に半ば毀れかかりながら辛うじて存続している家とか人間関係といったものを、すべて解体してしまうことであった。

これを要するに、私は、この戦後の現実の中に、どうしても上手に根を下ろすことができないでいるらしい。三十年かかって、いわば元の木阿弥の場所にいる。昔も今も同じことだ。生活の根が不安定なままに、生存の意識が不安なままに、ただもう背後から何物かに追われるようにうろうろと走り続けてきただけだ。本当に楽しかった日なぞ、ただの一日だってなかったような気がする。

しかし、と、ここが肝要な一点なのだが、だからといって私は、その一切の状態を、何一つ改変しようとは欲しないのである。判然と言えば、自分のこの生存のスタイルでいいと思っているのだ。その全体が深い過誤かも知れないが、もう決して訂正はすまいと思っているのだ。そうだろう、もういまさら利口になろうとしたところで、手遅れだ。

なぜ、そうなのか？　私は、この生存のスタイルを、敗戦時の少年の危険の感覚に賭けて、選択したのである。いや、選択というより、容赦なく強制されたのだ。いっそう正確に言えば、自分が不意にその渦中へと叩き込まれた、新しい現実の中の新しい生存のスタイルだと思ったのだ。以後私は、自分に必要なすべてを、社会とか人間的状態のあらゆるものを、敗戦時の少年が獲得したその生の感覚、みずから称して生の合理的な感情というその尺度から、測ることを試みた。

測って、試みて、生きて、そしてどうだったのか。どうということもない。私は、絶えず微かにだが執拗な違和感を、この戦後の現実に対して抱き続けていたと言っていい。三十年をかけてしだいに形成されていったこの社会の形、現代生活とか人間の生のスタイルに、私は根本的な不調和を感じていた。あの生の合理的な感情というものが、この三十年の現実の流れの中には、許容されていないと思うのだ。しだいに違和感だけが増大する。三十年経ったこの頃では、ついに私が私自身を疑惑する程度にまで達している。眼前の世の中が奇怪なのではなく、自分の生の感覚が奇怪なものになってしまったのではないか、と。

いまや私は生の一つの混乱に達している。あの敗戦時の少年の生の合理的な感情というものを、この社会の何処に、また生の現実の何処に置けばよいのか、判らなくなってしまったからだ。もっと当惑すべきことには、その合理的な感情が、果して真に人間的なものなのか、それとも自分だけの歪んだ産物なのか、それすらよくは判らぬからだ。

なるほど、戦争の記憶を埋め、敗戦の記憶を埋めて、三十年してようやく達したこの平和な日常の光景の中には、あの少年の感覚など、何処にも居場所はないのだ。それもまた生きながら埋められていくというのが、ふさわしい運命であるように思われる。なぜなら、その少年の感覚を生き生きと恢復すれば、私は到る処で社会に衝突し、今日の現実が見せる人間の生のスタイルを、容赦なく嘲笑しなければならぬから。

そこで、いま私は、ひどく中途半端な時間の中にいる。奇怪なものに変質してしまった自分の少年の感覚と、今日の現実との中間にいて——あの小林秀雄の禁止、「人生の評論化を全く断念するのは、長い間の奇妙に手間のかかる仕事であつた」という声に反対して、よしそれなら、人生を評論化してみよう、と考えながら……。

〔「群像」一九七五年八月号〕

故郷に帰りゆくこころ

この頃、私の団地を訪れてくる人が、ここは樹木の多いところですね、と言ってくれる。中には羨ましそうな顔をする人もいる。すると私も、それじゃこの団地の抽選に当っていくらか得をしたのかな、とほんの一寸いい気分になる。

私は現代的人間というのはこの「抽選」ということによって生のスタイルを決定される存在のことだなと思っているので、なんだか運がよかったような気がする。もっとも、この感想は、なんら現代的なものへの考察から出発したものではなく、単なる敗戦時の少年の心情の反映なのかも知れない。あの戦争中以来、私は、われわれの生と現実との間にあるものは、「自然」な関係などではなく、むしろより多く「抽選」の関係にあるのだ、と思っている。

たとえば、こんなふうに書いてきても、どうしても私には、自分の住んでいる団地のあたり、とは言っても、それを自分の家のあたり、と言うことはできない。そしてこれは団地的な生活者一般の意識であろうと思う。団地は、抽選による仮りの生活の場であるために、「私の家」というような意識を育まないのである。こういう抽選という抽象的な踏み切り板の上にあって、宙に踊っているような生存のスタイルや、そのあげくの無名の、特性のない人間の顔などを、後藤明生が『何？』とか『誰？』というような小説でうまく描いている。彼は現代的な作家なのだ。

この団地住まいの両親から生れた息子が、やがて二十年もするとボードレールのような詩を書くのかも知れない。戦前の舶来熱の中にいた或る詩人が、われわれだってボードレールの詩くらいのものは出来るのだ、ただ自分達に欠けているのはパリの石畳だけだ、と放言していたように記憶するが、これは一寸軽率な発言だろう。われわれに欠けていたのは、むしろこの団地的生存が形成するようなもの、アパートの一室で暗く夢想される、独自の「屋根裏部屋の思想」といったものかも知れない。

先日、企業爆破の青年が爆弾製作のためにせっせと設営したアパートの地下室の写真が新聞に出ていて、よくも秘密にこんなものを造ったものだな、と奇妙に感心したが、できればその地下室は各自の頭蓋の奥に建てられていてほしかった、と私は思う。なぜなら、そういう地下室で秘密に設計されるような思想というものは、ほとんど埴谷雄高の『死霊』を除けば、日本の文学には見当らぬ種類のものだからである。彼はつい最近、その小説の続篇を発表した。まさに二十数年をかけて彼は地下のトンネルを掘り続けているわけで、こういう人間の行為こそ怖ろしいものである。

この団地が安住の地でないことは、訪れて来る人達の或る者が、四階建の住居群を眺めて、ああもったいない、なぜ十四階建の高層にしないのだろう、という微かな非難の調子を混えた言葉からも知られる。彼等は例外なくその高層団地に住む青年達なのである。そして私の観察によれば、彼等は一様に、社会に対してよい事しか言わぬ小田実の弟子達のような顔をしていて、やがて多数の彼等の声によって、私はこの場所から追放されるだろう。ひょっとすると、彼等の息子達の中から出現してくるのは、未来のボードレールではなくて、一人のサン゠ジュストであるかも知れない。

ここは樹木の多い団地だと言ったが、それは十五年前、一度松林だったところを切り拓いて、その後は植樹された、桜やその他の植木なのである。私は最初、実に馬鹿気た計画をしたものだと思っていたが、現に人が賞めてくれるところをみると、そうも言っていられないのかも知れない。十五年もすれば、その人工的な植木も、一つの全体としての自然を形成している。

もっとも、その樹々を眺めながら、私がいま思っているのは、以上のような感想とは正反対のものだ。

十五年前には、ちっぽけでひょろひょろしていた樹も、いまは立派に葉っぱが繁っている。そして、季節によって色付いている。

――そんな光景を眺めながら、私は、人が自分の内部に持っている言葉というものも、この樹のようなものではないか、と思うのだ。それは、最初は教育によって植えられるのかも知れないが、十五年すれば立派に育ち、あたかも生の変化というようなもう一つの見えない自然によって、色付くのである。

そして、時には奇妙なことに、それまで自分にその存在の知られなかった、意識もされぬ言葉の繁みが、思いがけなく色付いていることを、ふと識らされたりするのである。

こんなことに気がつくようになれば、人はもう、人生の折り返し地点は過ぎているのである。文学の新人がおおかたは四十歳であるようなこの頃では、私の年齢ではまだ若く、人生の折り返し地点などと言ったために、いくらかの嘲笑を招いたが、私は、やはりそんな時期がやってきているのだと思う。

私と同じ年齢の磯田光一が、彼は第一次戦後派への容赦のない批判者だったのだが、その彼にしてふと最近こんな感想を洩らしている（「記憶への懐疑」）。

——焼跡のなかから出現してきた戦後派の人々の声を想起するとき、その声の内実にかかわりなく、私には声そのものが不思議になつかしく思われてくる。

これは実によく判る感じで、彼もまた折り返し地点に達しているのだし、彼の内部で、その「声」が色付いているのである。

しかし、この言葉が色付くという事で面白いのは、必ずしも自分が接木をして育ててこなかった言葉、見捨てた雑草のような言葉の方が、むしろ色付いていることである。まさに、生の不思議さ、というほかはない。

私はこの二年来、自分の頭脳の抽象的な部屋に飽き果てると、明治大正から戦前への私小説作家の小説を読むことにしているが、それがなんと！　自分が造り上げた言葉の設計よりも、むしろ深く私の内部に滲透してくるのである。これはどういうことか？　それらの言葉を、私は、この二十数年打ち棄てて決して顧みなかったはずだから。

思うに、私のような、現実とは自然な連続を持たぬ抽選によって生の設計を始めた人間には、言葉こそが、自然な故郷という感を与えるものなのであろう。そして、その故郷も、私が自分用に選んで決定していった言葉を辿《たど》ってではなく、どういう具合にか私に棲みついてしまった自然な言葉から発して、遠い微かな音信を辿るように求めていった、その言葉自身の「帰りゆく」ところ、にあるのであろう。

私の場合、それは私小説作家の言葉であり、その血筋の一端は、嘉村礒多であった。私は昨日、彼の「再び故郷に帰りゆくこころ」を読み、その中の「在るものはたゞ断念の思ひばかりであった」という一節に到って、自分の自然な故郷を見出すような心算になった。

私はやがてこれから、故郷に墓を建てるために、自分の心に自然に感ぜられる、その言葉の血筋を探求したいと思っている。

私はいつも思うのだ——。

　磯より西の方に窟戸《いはと》あり。（略）窟の内に穴あり、人入ることを得ず。深浅を知らざるなり。夢にこの磯の窟の辺に至る者は必ず死ぬ。故《かれ》、俗《よ》の人《ひと》、古より今に至るまで、黄泉《よみ》の坂《さと》、黄泉《よみ》の穴《あな》と號《なづ》けていへり。（「出雲国風土記」）

そういう「穴」が、いまもわれわれの心には開いていて、それが日本人としての自分の、本当の故郷なのであろうと……。

（「風景」一九七五年九月号）

生真面目な喜劇の時代――団地通信1

――1974.1

昨日、いつものスーパーに出掛けると、またトイレットペーパーがなかった。なるほど、と私は思う。こういう品物の有り無しを決めるのは、それを売る企業であって、それを必要とするわれわれの生理的な動作ではないのだから。そんなことは、オギャーと生れた赤ん坊の時から私は知っているはずだった。これでも現代社会の子供だったのだから。いまさら、うろたえては恥かしい。(団地の構造を汲み取り式にするよう陳情しよう)と私は微笑する。

洗濯用洗剤の売り場へいく。それもない。みんなが買い溜めをしたいまになって何をしにきたのかという顔を店員がする。欲しかったら三日後開店前に並びなさい、整理券を出すから、という。こういう人間の顔を見ているのが私は楽しい。つまりそれは、人間は社会的動物である、というあの定義を実証しているからだ。飼い犬がその主人に似るがごとく、店員となった人間の顔は、彼を飼っている社会の顔に似るであろう。(それじゃ、普通の石鹼をカツオブシ削りにかけて使ってみるさ)と笑えば済む。

　そこで食料品売り場へ。すると、いつも買っている麵類の袋の上に印刷された値段より高い数字のレッテルが貼ってある。やれやれ、こんどは生きた社会科か。ごていねいにも、製造年月日まで印刷されているから、原料の高騰とは何の関係もない。つまり、現状では、物の値段は任意に決まる。(安い物を食べなければならぬ者が貧乏人なのだ、という自分用の辞書を改変しなければならない)と私は苦笑する。

　そこで、このスーパー中を見回して、何が一番得をする買い物か、つまりここ数年の経験上、何がもっとも安価に感ぜられるかというと、それがなんとスコッチ・ウイスキーなのである。むろん、ケチな私は、その得をする品物の方を買う。(こいつはいい世の中になったものだ、ガブガブ飲んでやれ)と思う。

　そうして、私はいま、昼間から酔っぱらって、実に満足そうな顔をして笑っている。なに？　そんなことをしていると、いつか本当に困って、亡びてしまうというのか。それも結構ではないか。困ってみたところで、笑ってみたところで、どうせ私は後七千日くらいも生きられはしないのだから。

　きっと、われわれはいま、本当に滑稽な、大いなる喜劇の時代を生きているのに違いない——いや、こんな、新聞用語は止めよう。真実には、小さな、生真面目な滑稽の時代とでもいうべきなのだ。その滑稽はどこにある？　毎朝、新聞記事がせっせと運んでくれる。

いまや、石油ショックとモノ不足で、戦後初めて経験する、われわれの生活や日本という国家の大いなる改変と曲り角の時、つまり一億総反省の時点らしい。

（ああ、そうですか）

好きだね、われわれは反省が。戦争に負ければ、皇居前に行って泣いてくるし、モノ不足になれば、新聞記事が代弁するどこの馬の骨とも知れぬ人間の声にお辞儀する。

あいにく中学生並みの論理と知識しか持っていない私には、最近の世の中の動きは、とんと分らない。つまり、それだけ面白い世の中になったということだ。いまこそ日本のモリエールの絶好の出番だろう。

石油がなくなる。資源危機だという。しかし、石油がなくなると、いったい何が困って、心配なのかな。私には分らない。いや、人類の未来のために節約するのだという。

嘘をつけ、いくら節約しても、一定数量の物はやがては、なくなる。なくなったら、人間の生活がどう暗くなるというのか、四、五代以前の、われわれの父の父の父は、そんな資源の利用など知らなかったろう。今日急速な石油の減少によってあわてている振りをしているのは、これを商品として利用しているところの企業である（しかも、いま私は嘘をいったのだ）。なぜなら、かくも深くわれわれの日常生活を規制し、支配するに到った企業は、現にいま石油がなくなっても、決してわれわれ以上に困惑するはずはないからである。

どだい、われわれは、もっと一層大切なものがなくなってしまうことに、何度も耐えてきたではないか。石油と、善良なる愛の神の存在と、どちらが貴重なものであるか、と問えば、誰もがそれは神の存在だというであろう。しかも、われわれは、ニーチェは一ページも読まないながら、神は死んだというその言葉だけを抱いて、何か百年遅れの現代人めいた顔を得々としているではないか。

われわれは、多数の、よい人間のよい言葉を、ほとんど無意味に食い潰してきた。たとえば、いささか感傷的なルソーでいい。彼が古い人間だというのなら、中原中也でよい。彼等の声を聴きながら、われわれはすべてを無意味に消費したのだ。人間の平等がどこにある？　そして、無邪気な心がどこにある？

どんな貴重なものが眼の前でなくなっても、平然として存続してきた、この不撓《ふとう》不屈の人間という種族が、たかが石油という品物の不在くらいで、うろうろしていては、ヴォルテールに招待されたシリウス星人だって、あまりの滑稽に腹を抱えて笑い出すだろう。

それに、戦争中の少年だった私は、幸運にも、人的資源という言葉を、耳にタコが出来るほど聴いてきた。なるほど、社会から見れば、人間も一つの資源なのだ、とひどく痛感したが、確かに、人間も石油と等しい資源の一つではあろう。

資源を大切にする？　そうか！　それならばどうか、人間を大切にして下さい。老人も大切にして下さい。病人も大切にして下さい。それから、コインロッカーにそっと赤ん坊の死体を入れる未婚の母親も大切にして下さい。彼等は人間なのだから。そして、世界の将来や、人類の未来や、われわれの明日の運命が気にかかる、などという人は、どうか彼等にお金を分けてやって下さい。それこそ、小さな自分だけでもなし得る、第一歩なのだから。

いや、止そうか。こんな言葉に、百万分の一パーセントのリアリティもあるはずがない。それより私は、自分の生の感覚の中で、この社会の声を読んで、こういっておこう。現在の社会は、無力な者、貧乏人、役に立たぬ者、それから不運な者には、一刻も早く人目につかぬよう隠されて死んでくれ、と、いっているのだということを。

私はふと、こんな空想に走る——。

長くもない年月のうちに、われわれの周囲で、つまりこの社会の到る処で、小さな爆発や小さな戦争が多数に生ずるであろう、と。

そうでなければ耐えきれぬほどに、この社会は、異質な存在の不合理な共存に緊張し過ぎている。つまり、矛盾の高圧下にある。早い話が、石油やトイレットペーパーを境界にして、それを入手出来ずうろうろしているこちら側と、その企業の管理者であるあちら側の人間とが、同一の内容の人間、少なくとも、同一の生の平面上に立っている人間であるとは、私には考えられない。たぶん、その心理、感情から、人間の意味ということも、良心も、それから正義の内容に到るまで、何から何まで違うであろう。

私は彼等と同一の人間の姿でありたくはない。彼等と笑い合いたくない。彼等と握手したくはない。それでは、彼等は私の敵なのか。いかにも、そうかも知れない。敵？　だがしかし、彼等の姿は、私がその一人一人を心の壁に密かに記しつつ憎むためには、あまりにも遠い存在なのだ。だからやはり、私の生の感覚から、いっそう正確には、パスカルの言葉をわるくもじって、こういうべきだろう。――彼は川の向うに住んでいる、と。

いや、私はなにも、こんな鹿爪らしい話をするつもりはないのだ。ただ私には、川のこちら側の人間と、向う側の人間とが、異口同音に、人間の未来から国家の将来からわれわれの生活の行手までを、合唱するように心配していることが、まことに滑稽な面白い光景に見えてならないのだ。

確かに、ここにある日本の社会や国家は、現にわれわれを乗せている巨船であって、それが難破するのは困る――といってみて、私はこの言葉の忌々しさに立ち停る。いや、果して本当に困るのか？　川のこちら岸にいる人間には、難破したところで、そうでなかったところで、たいしてその生の事情に改変はないのではあるまいか。

（私は、敗戦時の少年、ほとんど何も所有する物のなかった無力な人間の場所へ還って、もう一度考えてみる。かつて私と生の感情を同じくした友、Aよ、Bよ、Cよ、あなたがたは、いまどう考えているのか）

そうして、われわれは、自分が川のどちら側に住んでいたいか、ということを、たかが、三千日ないし七千日くらいしか存続せぬ、自分の内部の私という存在にかけて、厳密に判断してみたことがあるのか？

いまは、小さな、滑稽な、そしてほとんど生真面目な表情をした喜劇の時代である。つまり偽りの時代である。かつてこれほど、われわれ各自の、内部の私の言葉や、私である存在の生の感覚と、社会の声、あるいは社会的人間の言葉とが、分離し、その間隙の大なることはない。やがて、その滑稽に耐えかねて、その間隙の到る処で、「私」というものの小さな爆発が生ずるであろう。この偽善的な喜劇の一幕は、すでにもうあまりにも長過ぎるのだから――。

〔「週刊読書人」一九七四年一月二八日号〕

怪し気な生活の謳歌《おうか》——団地通信2

——1975, 1

昭和五十年。つまり、今年は戦後三十年目に当る。私がここで機会を与えられたのは、この三十年が私にとって何であったかを考えてみることである（不適当な人間を選んだものだ。私は元来、回想ということをあまり好かない）。

——なんだ、そんな答えは簡単じゃないか（と、あの敗戦時の少年ならいうだろう）、ただ生きる。この三十年をただ生きてきたのだ、それだけの時間の量が自分の手の中にある、と。私はこの三十年をただ生きてきたのだ、それが三十年前の私の出発点だった。敗戦とともに新しい生の開始が始まったのだと私は思った。過去などすべて断滅しよう、そして、その後にうち続く日々がどれほど苦痛に充ちたものであるにせよ、ただ生きていてやろう、眼前でグロテスクな喜劇のように展開する世界の在り様をすべて見てやろう、見得るかぎりのものは見ていってやろう、と思った。

そういう心の細い一本の糸にすがって、私はこの三十年をただ生きてきた。やがて、この「ただ」というところに、生の隠された秘密の動機を見出すようになったとはいえ、その意思は現在も一貫している。同じものが存続している。してみると、三十年を生きながら、私は何一つ変化しなかったらしい。ただの一点に立ちつくす人がそうであるように、歳もとらなかったのかも知れない（その故か、現在の日常が奇妙に私には息苦しい）。

だが、この三十年の中で私が変らなかった、というのは本当だろうか。いや、時間という奴は怖ろしい。何かが変ってしまったのではないか、という疑問がしだいに強く私を圧迫する。心の内部から眺める私の姿は変らないとしても、私を包み込んでいる現実の全体が変化しているために、そのために私自身が奇妙に変ってしまっている、ということだってあるだろう。

私は変ったのか、それとも変らないのか。変ったとすれば、それは私の内部か、それとも外部なのか……。

私の年齢の者なら誰も胸に覚えがあるだろう。われわれが、決して両親や家庭の中から生れ出てきたのではなく、敗戦の渦中のなかから誕生してきた息子達だということを。幸運なことに、戦争は、われわれにとっては産業の役目を果した（むろん、弱い人達や運の悪い人達は死んでいった）。ラディゲが、戦争は中学生にとっては長過ぎる夏休みのようなものだった、といっているが、哀れな日本の中学生がまさかそれほど洒落て言うことはできない。戦争は、われわれが初めて垣間見た、現実を構成する裸の粗々しい繊維の何本かであった。人生とか世界とかに関する、考えるための最良の教師であった。

そして、敗戦後の数年間が、われわれが最初に出会った、生の認識と行為の実験場であった。われわれは口一杯にすべてをのみ込んだ。おそらく最初の二年間で、ゆっくりした時代なら三十年かかって達成するような変化のすべてを、ことごとく味わった。むろん、三十年後の今日の日常が持っているようなものも、すべてそこにあった。

白けた日常があり（虚脱とか呼ばれていた）、やるせなく感傷的な流行歌があり、けばけばしいファッションがあり、街頭のちゃちなギャンブルがあり、恐るべきインフレがあり、物不足があり、さらには、キルケゴールの流行する終末感――あるいは、すべての根柢が動揺しているための解体感があった。

一日一日が、どういうものなのか、まるで解らなかった。その形も、その現実も、その意味も、何一つ解らなかった。どう生きていいのか解らぬ困惑と焦慮があった。明日というものが今日という日と同じ形で存続するだろう、と考えることが、何か奇怪な感情に思われた。

白けた日常に倦怠する一方で、漠然とだが鳥肌の立つような恐怖があった。しばしば、自分のこんな生は生くるに価しないと思い、何度かもうこれ以上は生きていられないのだと考えた。自分が真に本当に生きているのか否かを疑い、眼前に展開する現実の世界から自分の生が剝離しているのではないかと疑い、絶えず微かに、ほんの少し呼吸の苦しいような生き難さを感じていた。

そして、思ってみれば、もう三十年それが続いている……。

それでは、この三十年目の今日の現実の中で、そんな私が何を感じているのか。あの新しい出発点の強い光によって照らしてみれば、この戦後の三十年が、過去の亡霊のような姿で浮び上がる。いったいわれわれは何を果すべく生きてきたのだろうか。何を考え、何を行ない、何を生きるために、時間の上を這いずり廻ってきたのだろうか。

——それ以来三十年、この私の眼の前に展開されたものは、まるで滑稽な喜劇のようであった。あるいは、悪い夢を見ているのかも知れない、と何度も私は思った。

私は、この三十年を賭けて、たった一つのことを学んだ。それは、あの新しい出発点と考えられた時から、本当に始まったものが、あの怪し気な「生活」という奴の再現だということを。

生活！　われわれが戦争の声を忘れて築いた、マイホーム的な生活の上にある人間の幸福。――それこそが、この三十年を一貫してリードしてきた神話である。ふうん！　ばかばかしい、そんなささやかな預金通帳を片手の生活なぞ、もう一度戦争があって、もう一度毀れてしまうといい。

今日のこの平和な日常。――私はそれをはるか三十年前、焼け跡のビルのスクリーンの上で見ていた。つまり、今日のテレビのホームドラマにそっくりな、昭和十年代の松竹大船の映画のことである。

何でもない日常が、何の意味もなく描かれているドラマを見ながら、私は、それこそが平和の光景なのだと思い、不思議の国を見るように憧れた。甘美な思いがした。

ただし、ただ一つのことが、火を見るより明晰であった。その平和な日常が、甘い禁断の果実であって、決してわれわれの上には現実に再現されることはないということが。

――ところが、三十年目の今日、ふと思ってみれば、眼の前の現実が、あのスクリーンの光景によく似ているのである。まるで喜劇だ。

なるほど、石油ショックとか、資源不足とか、価値の転換を説いて、危機の警鐘を鳴らす人達はいる。しかし、その彼等にしたところで、あの三十年前の出発点を経過しているのだとすれば、これはもういっそご愛嬌というものだ。他人は知らぬ。しかし、危機の連続以外のどんな日常が、われわれにあったか。

われわれが今日面接しているのは、いわば「敗戦忘れの現実」とでもいうべきものだ（戦争忘れ、とはいわない。ベトナム戦争にはみんなあれだけ熱心だったのだから）。つまり、平和な日常といっても、敗戦の視力によって改変されぬ戦前的なそれがある。するど、おかしいではないか、と敗戦時の少年は考える。戦争と敗戦がわれわれに教えてくれたのは、いま眼の前に出来上っている世の中の光景らしいそれ、現実や社会の光景らしいそれを、否定することだったのだから。

つまり、ちょっと気障にいえば、三十年前のあの出発点にあったのは、一種根柢的な「生の視力の改変」ということであった。この視力によって、われわれのこの怪し気な「生活」の正体を撃つということであった。

そして、それからどうなったのか（深く私は間違えたらしい）。これに反してわれわれが選択したのは、この怪し気な「生活」の謳歌であり、お金とエゴイズムに基礎を置きその上に空虚な議論の花が咲く、今日の現状へと到るコースであった。文芸誌の一冊を採って見ればよい。今日競って制作されているのは、その怪し気な「生活」の謳歌である。

この生活の光景こそが正しいのか、と思うとき、私は奇妙な息苦しさを感ずる。自分が間違ってその上に置かれ、本当にはよく生きていないのではないかと疑う。生存不可解の思いがある。そして、ふとこんなことを考えるのだ。――こんな怪し気な「生活」の全体が毀れてみたところで、別にどうということもない。なにしろ、この現実に私はたいして負債を負ってはいないのだから、と。

〔「週刊読書人」一九七五年一月二七日号〕

巨大な「リンチ場面」の演出――団地通信3

――1976, 2

実際、この団地という家の形が、私はたいへん気に入っている。つまり、毎月家賃を払う、公営アパートあるいは国営アパートと称する形式のものである。そして、私の生存上の意識が、この形式によって大きく規制されている、というよりは、生活意識の大部分がこの土台の上において成立しているのだ、ということに間違いはない。

(私は、この「私は……」というような言葉を多用するために、ずいぶん自己偏執的な人間だと思われているらしいが、これは残念な結果で、私の真意はそこにはない。私はただ、現にいま自分が生きているこの場所からはこう見える、ということ――つまり、「私の場所」からの発言、ということがしたいだけであって、他意はない。ポイントは、「私」にあるのではない。「場」である。誰だって、一人ずつ他人とは違ったその「場所」というものを持っている。各自の場の上に、各自の生の思想が形成される。私は、あらゆる人が、自分の「場」について、生きている間中ノートの中で考察し、やがてそれをみんなで見せ合ったら、たいへん面白いだろうと思う。）

団地のどこが気に入っているかというと、第一に、ここに住んでいるかぎり、自分の生活の根元が、いわゆる国家によって規制されているということ、ちょっと極端に誇張すれば、国家によって死命を制せられている（咽喉首《のどくび》を摑まれている）ということを、ほんの一日だって忘れる訳にはいかないからである。怠惰な私は、実は賃貸の契約書など読みもしなかったが、たぶん相手は、この契約を一方的に変更することができるはずである。これが、この家を形成する眼に見えない壁である。この壁を毎日眺めて暮らすこと——そこが気に入っている。つまりそれは、一人の人間の単純な生存と国家との関係を、原形的に明らかにしているからである。

むろん、民間アパートや自分の持ち家だって、根本は同じことなのだが、団地にいると、その関係がもっと直接的で、毎日透けて見えるのである。

いま私がこの団地の窓から眺めているのは、不況といわれる世の中の光景だが——団地的な生活意識に戻ると、ただちに、はは ん、とうなずかれることが多い。つまりそれは、国家的な体制による、一方的な家賃の改変のようなものなのである。

一日だって安心して生きてはいられない。うっかり安心などしていると、不意に背後からの打撃で打ち倒されてしまう。そういう不安な意識を、団地という生活の場が私に与えてくれた。団地に住むということは、そういう生の意識を、一日毎に新たに確かめてみること、つまり日々レッスンするということであった。

不況という世の光景がやってくる。思わず、私は薄ら笑いを浮べる。不況の一つ前の原因のように言われる、繁栄のおこぼれにあまりあずからなかった（と、そう思う）私には、何の責任もない。しかし、にもかかわらず、この物価高を伴なった不況という状況は、一方的に私の生活を埋めてしまう。昨日百円で買った煙草を、今日は百五十円で買わなければならない。何も彼もがそんなふうになる。やれやれ、と私は思う――つまり、私が毎日眺めている団地の壁、私の生活の根元を扼《やく》しているあの見えない壁の一つが、相手の都合のよい理由で、相手の都合のよい時にしたがって、いまや公然と出現したのだ、というだけのことなのだ。

この不安な団地的な生活意識が私に気に入ったのは、それが、戦争から敗戦時にかけての少年であった私の生の感情に、よく似合うからである。思えば、敗戦時を中心とした社会の混乱こそ、私の生の原点であり、いわば人生の教師であった。それ以後私は、ただの一度も、この国家的な体制のものを信じようという気にはならない。

（もっとも、そんなふうに言っていると、生きていくことが出来ないはずだから、だから私は、その後到る処で嘘をつくような人間になった。民主主義？　へえ、こいつは結構なものらしいですねえ、という類である。もう一度、だから、白状すれば、いま書いている言葉だって嘘かも知れない。私は本当のことは、ノートの中にしか書きたくはない。生きていると、いろんな物が怖ろしいし、ことに現代に生きるというとき、私が生存に対して抱く第一の感情は、恐怖である。）

そんな訳で、いまは不況という世の中の光景で、これはたいへん困った事態らしいが、実は私はそう思ってはいない。むしろ、みんなが嘘をついているのだと思う。ともかくも、「私の場所」では、そうなのだ。

なぜなら、私のような人間の生存の場所を、本当に圧迫して困らせてくれたのは、実は「不況」ではなく、むしろその一歩前の「繁栄」だったからである。あの繁栄こそ、実は私は三十万円の生命保険を掛けていて、最初は月給の十分の一くらいを掛け金に払うので辛かったが、そういう金額を茶番同然のものと化し、また一方、（どうも下品な言い方ですが）私が十五年いて得た退職金のようなお金の価値を、今日会社に十年くらい勤めている人の、一回のボーナスくらいのものへと、変化させたものなのである。だから、私の場所では、この繁栄の方が、困った。

そういう繁栄の後に、まるで絵に描いたような不況がやってくるのでは、そうか！　われわれはいま、してやられているのだな、と私は思わない訳にはいかない。つまり、アラビアンナイトにある、巨大な怪物が、捉えた人間を、肥らせておいてから食うという、あの場面を迎えているのである。つまり私は、この繁栄＝不況の連続の中に、やはり国家的な体制の操作——一方的に私の死命を制することのできる、あの団地的な壁の操作ということを、見出さない訳にはいかない。

肥らせておいてから食う。つまり、繁栄させておいてから、急に不況というタガで絞れば、その繁栄の中で弱者であった者は、打ち倒されてしまう——そういう場面を迎えているのだと思う。この不況の場面が怖ろしいのは、その繁栄の中で少しは得をしてきたと思っている中間層、この国の生活意識の七、八割を占めるという、中間層の意識を統制することによって、この中間層に組み入れられてない弱者、たぶん一割か二割を占めているであろうその弱い人間を、打ち倒そうとしていることである。

（極端にいえばそれは、不況という恐怖を与えることによって、中間層の生活防衛意識を統制し、この中間層にもっといっそう低く弱い階層を圧迫させるという——巨大なリンチ場面の演出、という操作である。これに比較すれば、連合赤軍のリンチなど、まるでケシ粒ほどの児戯に類するものに過ぎない。）

さて、ここで、私が団地を気に入っている、第二の理由となる――つまり、この団地的な生活の形態を正確に考えるかぎり、それは「私的所有としての家」という意識を、まったく否定しているのである。そして実は、これこそ、敗戦時の少年が抱いた、生の感覚なのである。それが新しい生存の意識になるのだ、と少年の私は思った。

ところが、あの繁栄の時期に明らかになったのは、私の後からやってきた若い世代が、まったく別の生の意識を持っているということだった（私は、自分が決定的に時代遅れになったことを発見した）。

つまり、あの繁栄の一つの象徴は、怖ろしいばかりのマイホームの建設にあった。ことに若い世代が、銀行ローン――いわば、自分の未来の十年かを、国家的な体制の壁に売り渡すことによって、マイホーム、いわば私的所有としての家の建設に熱中しているのが、実に奇怪なこの世の中の光景に見えた。私は、しばしばこの光景を薄ら笑いしたために、逆に嘲笑を招くことになったが、やはり自分が間違ったのだとは思わない。若い世代が、自分の未来を売り渡すことによって、繁栄を招来し、その正確な帰結としての今日の不況を迎えている――どうも、そうとしか思われない。つまり、自業自得なのである（どうか私を巻きぞえにしないでくれ、とでも言う他はない）。

しかし、実は先日、小学生の時から、この団地の中で育ったという女の人が、もうじき結婚を、その団地という「私の家」でするのだ、と明るく語っているのを聴いたとき、以上のような、私の意見は動揺した。人間は、不思議に強く、明るいものだと思った。団地が何の屈託もなく「私の家」になる——それはそうなのに違いない。それが、生きている、ということなのであろう。そうして、私は、自分の生が深く過誤を犯していると感じたが、しかしもう私の生の場所では、自分の生の意識を「改変」することはできない。

〔「週刊読書人」一九七六年二月二三日号〕

「惨めな生の意識」の確立――団地通信4

――1977, 1

私の部屋の窓から見下ろすと、真向いに団地の大通りが見える。いやに静かで、そこを時たま着飾った人達が通り過ぎる。ご覧、あれがお正月なのだよ、と私は指差してみる。空しい言葉だ。私は誰に語りかけたのでもない。あんまり退屈だから、自分に言ってみたのだ。だから、その指差しを見ているのは、団地の白い壁ばかり――まるで病院のようだ。

よく地方から転勤してきた新婚二、三年目の奥さんなどが、この白い壁に食われてしまう。半年もすると、毎日じっと部屋に坐り込んで、何時間も壁を見ているのだという。もしかするとこの時期には、人間の心の方が壁を食べているのかも知れない。そんなふうになると、やがて本当の病院へ行ってしまう。人がいなくなって、空き部屋になると、白い壁だけが残る。

きっと、その壁は、奥さんにこんなふうに囁《ささや》いていたのに違いない——お前は間違って生きてきたのだよ。空想ばかりして。ご覧、直視してみれば、生の本当の姿は白壁のようなものではないか。だから、お前の心そのものも、白い壁へと化さなければならぬ、と。そんな声を逃れるために、人々は着飾って、あわただしく街へと出て行くのだろうか。正月用に着飾った人達を見ていると、私は何か遠い日の幻灯でも見ているような思いがする。平和なのだ。それも余りに深く平和に過ぎる。正月に着飾ることが、人生の一部になってしまっている。それが、小さな幸福なのか？　私は軽く吐き気を感覚する。そんなことは在り得べからざることだ。こんな光景を、戦争が徹底して破壊しておいてくれればよかったのに、と私は思う。

この数年来は——インフレ、終末論、石油ショック、不況、深刻な経済の曲がり角、などが連続して、危機の時代にあるのだと言う。それは本当のことだろうか、と私は疑う。むしろ、どこの窓から見下ろすかぎり、外の光景はいささかも変化していないのである。どう仕様もなく、深過ぎる平和の穴の中に、ゆっくりと落込んで行くような気息い音がする。

もし、本当に危機の時代なら、あれらの着飾った人達の顔が、不安と緊張に刻まれて、もっと苦痛のために醜く歪んでいればいいのに、と私は思うのだ。私は、苦しい、歪んだ、醜い人間の顔が、好きだ。生きているかぎりの人間の形は、どうか一杯の生の苦痛の表情を浮べていて欲しい、と私は願う。

――どう仕様もない。それが敗戦時の少年時代に、私が自分に決定したことである。私は、人間の美しい形などは要らない。生の傷に歪んだ、醜い人間の形をこそ愛さなければならぬ、と。私は毎日自分の感受性をレッスンした。どんな人間の美しさも、高貴さも、偉大さも、決して、私が毎日歩いて踏みつけている道端のこの小さな一塊の石ころ以上の存在とは考えぬように、と……。

いや、解っている。そんなふうに言うとき、私は、小さな一匹のルサンチマンの虫そのものなのである。だから、どうしたと言うのだ？　別に気恥かしいとも思わない。その小さな醜い虫が、団地の白壁の中から出てきて私を刺したのだ。

この団地の白い壁と窓とが、その内部にいる人間すなわち私と、外の世界の光景とを、遮断する。白い壁が私を閉ざす。外では、着飾った人達と、危機の時代すなわち非常時の声（耳にタコができている）とで、賑やかだが、そんなものは何一つ聴こえない。ここには――何もない。

私は以前、団地の白い壁を眺めて、これは生活の墓場だ、と言ったことがあるが、それは間違っていた。団地の白壁とは、生きて正確に考えようとするかぎり、それは生活の実験場の意味、生の日々のレッスンの場、という意味のものであった。

何のレッスン？ 自分の生存の意識を、その白壁の形のものへとよく似せることである。すなわち、もっとも簡単な生活をすることである。たとえばこの白壁は、もっとも単純な、僅かな分量の材料だけで満ち足りている。生存の形もまた、そんなふうでいいだろう。この部屋へとやってきた或る男が――いったい、ここの家具はどこにしまわれているのだろうと見回したとき、私は思わず微笑した。それがレッスンの成果なのである。もしかすると、団地の白い壁状のものが、世界を二分する。壁の内部に閉ざされる者と、それから、街を着飾って歩く人々と。最近、自分の教室にやってくる生徒の若者の一人が、私が白い壁の意識について語っているのを聴くと、こう言った――「それはルサンチマンだ。私有地を一坪も持っていない人間の考えだ」。これは正確な言葉だった。地方の青年は、ときおりこんな具合に、ひどく特徴あるリアリスティックな観点をあらわす。再び、思わず私は微笑した。

――ご心配なく、あなた。私は毎日のレッスンによって、ルサンチマンの小さな虫である自分を卒業しかかっているところだ。もっとも、戦おうと言うのなら、戦う。牙を剝く術だって少しは心得ている。ただ私は、「日曜日に着飾った労働者」（ランボー）のような存在を、嘲笑《ちょうしょう》したいだけなのだ。

最近の毒入りコーラ事件は、これらの生の意識に関する、なかなか奇妙な実験だった。飲んだのは、やはり地方の出身者だった。彼等はどこか自分の生に無邪気な人達、つまり、レッスンに遠い人達、あわよくば着飾る人達なのである。そして、たぶんの話だが、この隠れた犯行者の気分は、その生の白壁状のものが、ふと無邪気に外の着飾った賑やかな光景へと接するあたりから、もやもやと発生するものなのである。むろん、無邪気なのだから、やはりレッスンからは遠い。

この犯行者にも、二、三の理由はあるだろう。無邪気な人達が、白い壁にぽっかり開いた窓から、外の賑やかな光景を見下ろすと、まるで世の中が玩具仕立てのもののように見えるはずである。玩具だと思ってしまえば簡単だ。子供の残酷さでそのスイッチを押してみる。彼にも一つの口実はあるだろう――飲んだ人達は、見えない仕切りを超えて自分の手を伸ばしたのだ。伸ばさなければ、何事も生じない。そして、（自分はまだ一度も白壁の仕切りを超えて手を伸ばしたことはないのだ）というような……。

――どうか、惨めな生の意識を持ってほしい、と私は、白壁の中に閉ざされている人達に訴える。何十人かの、私と同じような種類の人間がいるだろう。いや、それほど謙遜する必要もない。それが、ほとんど一般的な、壁の中の生に対する正確な態度だからである。

私は、壁の中の人達に物を言っている。惨めな生の意識というものだけを、充分に、そして正確に持とうではないか、と。豊かな生とか、幸福な一日というようなもの、あれは着飾った人々の所有物だ。そして、われわれには必要ではない。

惨めな生の意識を持つことが、いまや現実的にも必要なのだ。われわれの眼の前で、ゆっくりと世界は二分されてゆく。街の着飾った人達と、壁の内部の人間と。それは平和が余りにも深くなり過ぎたからである。いや、眼前でゆっくりと進行する貧富の格差の増大、などということではない。生存の意識に関する問題である。

平和というものもまた、か弱い人間にとっては、戦争と同じように怖ろしいものだ。それは惨めな生の意識というものを決して尊重しない。惨めな苦痛に満たされた生というものに、決して畏敬を感じない。むしろ、戦争の方が、悲惨な共通の運命として、惨めな苦痛に高い値段をつけるだろう。平和の深い穴の方が、それを一人ずつの惨めさとして、こっそり闇から闇へと葬ってしまうのである。

だから、これは人間の誇りの問題でもある。壁の内部の住人は、自分の生存の現実の状態を直視するかぎり、それは哀れで、歪んで、傷ついているものなのだから――この生存の基本を裏切らぬように、本当に惨めに生きよう。いっそう惨めになって、現実の鼓動と正確に響き合う、惨めな生の意識というものを真に確立しよう……。

〔「週刊読書人」一九七七年一月三一日号〕

奇妙な滑稽劇——団地通信5

——1978, 2

団地便りもこれで五回目になるが、こんどばかりは、団地の窓から外の世界を眺めて、人さまざまの世間だな、などとは言っていられない。

自分の足許が揺らいできたからである。すなわち「プール制家賃」の導入という公団側の計画によって（このタイトルと仕組みは若干改訂されたが）、経済的な、生活の基礎の一つが崩れそうになってきたからである。

やれやれ、また失敗するんだな——と思わず、微苦笑しないではいられない。遠山の金さんとか、テレビの捕物帖に出てくる長屋の住人なら、「やれやれ、御時世ですよ」とでも言うところだ。

私は、戦後の長いあいだ、親しい友人や会社の仲間が、こんど自分の家を持つのだ、と宣言するとき、「それは結構だね」と一応は言いながらも、低声には、一貫して反対しつづけた。Aよ、Bよ、覚えているかい?

なぜなら私には、土地を所有してその上に自分の家を持つということが、人間的に正しい態度であるとは、どうしても思えなかったからである。ことさらわれわれのように、敗戦時にその存在の精神の形とでもいうべきものを最初に見出していった少年達にとっては、人間的にふさわしくない態度である、と思えたから。

私は見ていた。戦争中、街からしだいに人がいなくなり、家が無人になり、やがて焼けて、無くなってしまうところを……。

そんなわれわれが、ふと数年もすると、再び小っちゃな玩具めいた自分だけの家を持とうとする行為が、自他ともに、なにか極度に嘲笑すべき行為のように思われた。自分の家を持つのはいいのだが、それをなにか生存の安全とか人間の幸福の徴《しる》しとして考えようとすることには、違和感があった。この上ない滑稽感があった。

いや、解っている。そんな私が——「自分の家を持てないという怨恨を胸に抱いた一匹の虫」であり、そんな惨めな意識からものを言っている、と人から笑われていることを。その優しい微笑の唇の形に賭けて言うが、Aよ、Bよ、君達は、そう言っているのだ。

私は思い出す。会社にいたとき、あんまり人々は異口同音に、労働者は人間的幸福のために自分の家を持つ権利がある、とか言って、変な幸福を要求するので——いや、現在は、労働者は自分の家を持ってはいけないのだ（そっと囁く、もし彼が何かと闘おうとする人間なら）と言ったら、どれほど同じような否定の眼、同じような反対の白い歯、同じような嘲笑の唇に、出遭ったかということを。いや、もう沢山だ。耳にタコができている。

——そんな訳で、自分の家を持たなかった私は、やがて失敗者の中に入る。考えてみれば、この団地という機構は、一定の蓄積（貯金）のところでマイホームへと追い出し、われわれを結局は、零細なマイホーム所有者としてこの上ない弱者の立場に置き、そのあげく巨大な土地の管理者、あの国家の権力へと隷属させるという、整然たるシステムのもっとも露骨な部分なのである。

オイル・ショックの前、狂乱物価の頃、金融ローンによって（つまり、自分の長い未来の一部を誰かに売り渡すことによって）、自分の家を持とうとする若い友人に、「それは結構だね」と言ってから、やはり低声に留保しておいた。

どうして、自分の未来を売り渡してまで、現在の奇怪な土地所有者に奉仕する必要があるのだろう！（人間はそんなものさ、という田中角栄をシンボルとするところの巨大な嘲笑が、私の耳には聴こえる）。新左翼の心情的なファンである若い諸君のそんな行動が、めぐりめぐって、私の首を真綿で締めるようになるのでは、まことに馬鹿らしい。自分の家を持つことが、何かの変改のための用意、自分だけのレッスンということになるのかな。いや、いずれにしても、あなたの自由な行為なのだが、と言って、別れたが……。団地のプール制家賃というのは、新設の団地が五万円の高家賃だから、あんまり差があり過ぎるので、既設の五千円という低家賃の団地から、その差額を埋める家賃を新たに徴収しよう、という政策である（政策というと、阿呆らしい。戦争で兵隊がいっぱい死んじゃったから、補充兵に中年者、たとえば大岡昇平まで召集するといった、二二んが四に過ぎない）。

むろん、一見はもっともらしい。ことに高家賃の団地に新入りする若者には、共感があろう。この一種の「共感」を喚起するところが、国家の（というより政府の）操作であって、なかなか巧みなテクニックである。自分だけの経験で数えても、戦後もう何度も同じ論理に出会ってきて、その度毎に私は失敗してきた。むろん、こんどもそうかも知れない。

おやおや、と私は思う。そして自分の手首の時計をじっと見守る。私の生の時針は、いまどんな一点を指し示しているのか？

つまらぬ冗談を言ったものだ。実は、この腕時計は、二十五年前から使っているものだ。よく保っている。当時は高価だったが、二十五年も使えたのであれば、ひどく安かったことになる（スイス製だ。ルソーが時計職人の子だった、あの国家に光栄あれ）。ところが、プール制家賃というのは、この二十五年使った時計の（昔の）値段が、いまの新規同型の値段と比較すると、あまり安過ぎるから、その差額を弁償しろ、と言っているようなものである。

そんな声に、新規に時計を求める若い人は共感するだろうが、二十五年前にそれを選択して使ってきた私には、納得ができない。十九年前から住み出したこの団地は、その時計のようなものである。いまさら突然に、お前は不当に安い値段で家に住んでいる（つまり、現に生きている）と言われても、何のことかよく解らない——油断するな！　自分の家にいるあなた方も、結局はこんなふうに、国家に家賃を払っているのだ。いや、首根を抑えられているのだ。

すると、低声にだが、私はこんな冗談が言いたくなる。私が二十年前に、未来の保証を予約して（売り渡す、の反対で）払い始めた生命保険の額は、三十万円である。当時、月に千円の、掛け金は辛かった。それは月に四十数時間残業しないときの、本給のほぼ十分の一であった——しかし、こうして、二十年前に予約してせっせと未来に投資してきた、その私の生命の値段は、現在に換算すれば、中堅社員一ヶ月分の月給に過ぎない、ということになる。

別にそんなことに、私は文句は言わない。この世界はどうせそんな奇妙な滑稽劇の連続に違いない、と思って、敗戦時の少年の場所から出発してきたのだから――ただ、三十万の未来予約の債券と、現にいま自分の未来を売り渡す一千万かのローンとの、その滑稽な対比の、このようなことを絶えず生き生きと感受するために、私は、民間アパートではなく、団地というささか国家的な壁に、寄りかかっていたのだから。その奇妙な感触をもう一度よく感じさせてくれて、どうも有難う、と国家の壁に感謝を伝えておこう。

いや、いささかは文学の話も必要だろう。正反対の人間ながら、高橋和巳に私は、同世代の少年を見出していた。それは彼が、戦後の世の中をリードした、人間のエゴイズムを絶えず問題化したからである。彼は、実に深刻に、真面目に考えた。だが、私は敗戦時の少年として、ごく簡単に考えた――なるべく共同で食事し、自分の家を持たず、他人の子供を愛するようにすれば、そのエゴイズムはずいぶん小さなものになるだろう、と。

すべては夢か過誤だった。私は恥かしいことを言っている。そんな規則を、自分の上で日々にレッスンしながら、私は何か新しい生存の光景を見るつもりだったらしい。私はどこかの猫の仔に伝えたい。時に人は考えながら、ひどく滑稽な、嘲笑すべき生の妄想に陥る、ということを。

ただし、私が言いたいのはこんなことだ。どんな愚か者も、たった一度、一つくらい知恵のあることは言う――この団地のプール制家賃のようなものが、ただ普通に生きてきたわれわれの生をみずから嘲笑しなければならぬ滑稽劇のようなものが、われわれの精神の深処で、われわれの生存の根柢で、いま一様に、巨大な演出家の手になる一幕のように行なわれているのではないか、と。

〔「週刊読書人」一九七八年二月二七日号〕

静かな日常の幻想──団地通信6

──1979, 2

ひどく静かな日常になってきたと思う。それも急速に静かになってきた。この静かさと、この急速調との、どちらに注意の眼を向けるべきなのか、私には解らない。たいした事件というものも、なかった。事件の意味が数年前とは違っていた。数年前の事件は、なんといっても、いわゆる「戦後」の意味を少しは背負っていた。それがそうではなくなった。別のことが事件として感ぜられるようになった。

江川という野球青年のことが大きな話題になった（事件である）ことからも、それは推して知られる。たかが野球の球を時速一四〇キロメートルくらいかで投げる青年の未来、つまり可もなく不可もない他人の未来について、われわれがかくも関心するのは、要するに自分事に心配がないからであって、その分だけ他人事が関心事になるのである。またそれだけ、われわれの日常がひどく静かになってきたことを示している。

（いわゆる「戦後」なら、この江川青年の行為は、なんら問題とならなかったであろう。彼は思うのだ。自分の幸運な強い手で自分の未来を摑むことが、なぜわるいのか、と。たぶん田中角栄氏もいつかそう思ったように。それは一つの「戦後」の論理であった。たぶんわれわれは、戦後三十年も経った時代遅れのそんな論理が、眼の前を平然と罷《まか》り通ることに刺戟《しげき》されたのだ。いや、ことによると、つい先刻までは認めていたものをいまや否定する、社会の逆転とか変化そのものに、改めて驚いてみたのかもしれない。とにかく、その落差こそが、事件だったのだ。そして、これは次のことを象徴している――いまは、「戦後」の論理というものが告発される、そんな静かな時代になったのだ、と）。

　有事立法とか、グラマン疑惑とか、そんな事件もあったようだが、われわれの耳には、江川問題くらいにしか聞こえなかった。中越紛争、またしかり。つまり、それほどわれわれの日常は静かになったのである。いったいこれが、それほどの平和の深まりなのか、それとも、平和とは違う何かの深まりなのか、そこがよく解らない（もっとも、小さな事件にも、大きな意味を含むことはある。私はあの「有事立法」は、いわば敗戦後の三十年を経てようやく、日本が自信を抱き、受け身の戦争にしろ自衛の戦争にもせよ、とにかく戦争の意思はあるのだ、ということを一般化した端緒だと思う）。

　そんな静かな日常の深まりとか、平和の深まりとかが、いわゆる日本の「繁栄」によって成立していること、そしてその繁栄が、国際間のきわどいゲームの中で操られるトランプの一枚のカードのようなものだということ、そんなことはどんな愚か者の頭脳にも、新聞の見出しを、一ヶ月に一度見るだけでも理解せられることだ。大戦後のインドシナの状態は一貫して教訓的である。

私はこの、いわゆる日本の繁栄と平和が、どこかの大国の、次のような古典的な思惑の上にあるのだということを、あまり疑う気にはなれない——曰く、「かれらの国土は、いわばわが手にゆだねられた人質と思わねばならぬ。よく耕されていれば、それだけに値打がある。これをなるべく長く生かしておくことがわれらとしては有利、かれらを絶望に追いやり手におえない狂人に変えることは心して避けねばならぬ」（トゥーキュディデース『戦史』、久保正彰訳）。

もっとも、そんなことは、私にはどうでもいいことだ。この静かな日常の深まりと、それのもたらす軽い退屈とを、私は楽しんでいるから。

この団地もいやに静かになったものだ。もう二十年住んでいるが、これほど静かになるとは思わなかった。子供達の甲高い声も聞こえない。みんな大人になってしまったからである。

あの一時期の熱気と活況、団地夫人のいわゆる高度成長体験は、どこへいってしまったのだろう？　テレビを買い、ステレオを買い、ピアノを買い、それから応援セットと、自動車……。そこにさらに、団地ママというほかはない人達による団地生活の談義だとか、熱気のあった自治会活動なども付け加えておこう。ひところは、あちらの窓からもこちらの窓からも、うろ覚えの「エリーゼのために」などが三つも四つも響いてくるので、私はしごく閉口したものだが、いまとなればその熱気と活況に、いささかの懐しさを覚える。

あの熱気と活況は、どこへいってしまったのか――ピアノはなぜ鳴らぬのか？

私は、すこしばかり煩しくても、ピアノの音は鳴った方がいいと思っている。団地ママが一、二年弾いて満足してしまったのか、子供達が飽いてしまったのか。いや、その子供達が不在になってしまったのか？　とにかく、多くの数で存在しているはずなのに一度も鳴らないというのは、かえって不気味である。

もしかするとそれは、われわれがすでに早くも疲れてしまったからかもしれない。団地のママは、ピアノを買うまではしたが、ピアノを弾くことに疲れてしまったのかもしれない。いや、ことによると、この団地に、それから団地生活というもの自体に、疲れてしまったのかもしれない――音量も公害であると、耳のわるい老人がとぼとぼと訴えにくる、この団地生活というものに。

最近の静かな日常の中にいると、もしかすると日本の全体が、この静かな団地風景と同じものになっているのではないか、と疑われる。そういえば大学の教室もひどく静かになったものだ。いまの熱気と活況は、若者達のディスコとカラオケにばかり制限されているらしい（いまさら、あのロッキードやグラマン疑獄の、いわゆる「戦後」的な活況の一つである汚職の時期が、懐しいともいえないが）。とにかく、われわれは疲れたのだ。いわゆる戦後を生きてきたわれわれは、いささか疲労しているのだ。それが、この静かさの原因ではあるまいか。

そのことは、この一年の団地の事件によっても知られる。事件とは、公団の家賃値上げに対する拒否の運動である。住民の運動も静かになったものだ。公団側は、二十年前に締結した家賃は、現在では不当に安いから、もっと徴収すべきだという。一見もっともである。しかし、いわゆる「戦後」的な論理なら、もう一度問うであろう――それなら、二十年前に、有利か卑劣かの手段で土地を所有した人間は、現在に対してその「不当」を問われないのか、と。団地居住者は、すべてが愚か者だった、と肝に銘記すべきだろう。

団地居住者としてのわれわれは、もっと時の政府、というものに敏感でなければならない（家賃値上げの建設大臣Sと公団総裁Sを自分とは反対側の人間として、私はずっと覚えておく）。

最近でのもっとも面白い世間の話は、梅川某による、三菱銀行猟銃人質事件であった。

彼は、その犯罪の四十二時間内に、彼のいわゆる「ソドムの市」のイメージを描いたらしい。私が思うに、犯罪はいつも時代の変化を実に鋭敏にキャッチしているものなのである。こういう犯行は、静かな日常の中でなければ生じない。

たぶん彼は、五千万円のお金など欲しくはなかった。欲したのならそれは熱気のある犯罪である。だから、この金銭は口実だったのだ、と私は思う。彼はただ、その「ソドムの市」のイメージを粗雑に描きたかったのだろう、と思う。彼は、計画したのではない。ただそのイメージを、繰り返し想像で反覆したのではないかと思う。

犯罪も進歩するものだ、と私は思う。彼は、幻想を、犯罪という舞台で実行したのである。以前の、戦後という現実の生き生きとしているときには、こんな犯罪のスタイルはなかった。

幻想を犯罪化し得ること、それが静かな時代の特徴である。翻っていえば、そんな犯罪めいた幻想だけに価値を見出すことが、この静かな時代の怖ろしさである、といえようか。

〔「週刊読書人」一九七九年二月二六日号〕

市民は「政府の玩具」——団地通信7

——1980, 2

——遠方の友へ。またまた団地便りをする。しかし、今回は残念ながら、団地の窓から雪見酒というような風流ではなく、政治の話をしなければならない。いやはや。

というのも、この団地の賃貸家賃が、昨年から増額されたからである。ほぼ二倍になった。やれやれ長生きはしたくないものだ。ずっと以前に死んだ明治生れの婆さんが、晩年、こんな老齢になってからトンカツを食べさせられるなんて、長生きすると惨めな目に遭うことが多いよ、とか、ぶつぶつこぼしていたことが思い出される。

なに、それは以前君にからかわれたように、この家賃は現今の市況に比べれば、まだ安いよ。だがね、居住者の意見はまた違う。つまり、その家賃を生存の構成要素として二十年を生きてきた者には、そんな比較は通用しない。また別な測り方があるのだ。

ぼくが、この団地入居とともに加入した生命保険の額は、三十万円である。あと五、六年もすると、満期になってもらえるが、考え込んでしまうよ。これは、その当時ぼくが考えた自分の生命の代価である。年収の二年分の額だ。しかしそれはいま、増額された家賃の二年分にも足りないのだからね。

——したがって、二二んが四くらいの小学生並みの頭脳しか持っていない居住者は、こう考える。(そうか、おれの生命の値段もずいぶん安くなったものだ、その分だけ逆に家賃は上がるわけだな)と。

昨年、自民党の大平政権が、保守圧勝を目指して総選挙を試みたとき、実は、困ったことになったな、と思っていた。つまり、団地家賃を増額する彼等の政策が押し進められると、ぼくのような身分の人間の場所では、いよいよ自分の生命の値段が低くなり、それにつれて、いよいよ家賃とか土地の値段ばかりが高くなるように思われたから(ぼくの身分——ここが難しい。なにしろ、国民の九割までが中流意識だというから。が、まあ、その標準より下方だろうね。なにしろ、この二十年間に、キャバレーに行ったのは五回か六回くらいのものさ)。

だが、自民党は圧勝に失敗した。ザマアミロと思ったよ。その代りに、共産党の勢力が伸長した。アタリマエじゃないかと思う。むろん、団地の一居住者の意見である。

団地の家賃を上げる政府に賛成するわけはないじゃないか。この前は君に、君は自宅所有者だが、二人のSの名前を記憶しておいてくれ、と言ったろう？　一人は、家賃値上げが成立したときの建設相であり、もう一人は、公団の総裁である。君がぼくの友達なら、どうか二人の名前を覚えておいてもらいたい。プルターク英雄伝式に、ぼくの三十万円の生命の代価にかけて、誓って言うが、彼等はこの日本という国家の内部での、ぼくの敵である（付言する。そのS建設相が、現在の大平政権の、自民党幹事長である）。

共産党だけが、家賃値上げ反対の運動を強く支持した。共産党の伸長は、古くからの団地居住者がみな一票を投じたからではないか、と思うよ。それに比すれば、社会党や公明党はいい加減なものだった。共産党は、市議の局面でもよくやっていた。

ビラを読むと、共産党が家賃値上げ反対運動に熱心なのは、幹部の上田耕一郎が、数年間団地居住者だったので、理解があるのだという。

第一の感想。それはまことにもっともなことである。団地のことは、団地で二十年も生きてきた者でなければ、わからない。

第二の感想。しかし、この幹部は、なぜ「数年間」しか、団地に居住しなかったのか。あとはどこに自宅を設けたのか。まさか、土地を取得しての、芝生のある自宅ではないのでしょうね、と（妄言多謝）。

（付言の一。君もぼくも、われわれは、敗戦時の少年ではないか。あの東京の焼野原を、時に限りなく愛し、時に限りなく憎んだはずだ。その焼野原に垣根を立てて、ここはおれの土地だとか、おれの家だとか、と言っている奴に、われわれは嫌悪を感じたはずである）

（付言の二。もっとも、この団地という機構、十年か十五年ばかり賃貸しているうちに、せっせと小金を溜め、さらに二十年間くらいの自分の未来を銀行ローンに売り渡して、どうしても自分の家を買わされる、という仕組みになっているらしい。いや、家なんか要らないよ、その分だけお酒飲んで寝ているという連中には、家賃値上げで追い出しを図るらしい。なかなか、国もあざとい商売をするものさ）

――ここまで書いてきて、ふと、昨今の愉快な話題だった、カズノコ倒産劇の話を思い出した。水産会社や商社が（たしか企業爆破の対象となった商社だったね）、よってたかってカズノコを高価にし、儲けようとしたが、ボロを出してしまったという話。なんだか、全体の仕組みがあれによく似ている。この団地家賃の値上げは、その後高い家賃の団地ばかり造ってしまったので、その相互の「不均衡を是正する」ためだという。つまり、公団の役人連中が、よってたかって、家賃を高くしてしまってから、その尻拭いをわれわれにさせようという寸法なのさ。

おかしいじゃないか。ぼくは、公団との賃貸借契約書にあるとおり、「善良な管理者」として、この部屋におとなしく二十年住んできた。なんの悪いこともしていない。それなのに、家賃ばかりが勝手に値上がりするのは、どういうわけだろう？

それもこれも、みんなが、よってたかって、家や土地を非常に高価なものにしてしまったからだろう。困るね。家や土地を欲しがるのは人間の利己心で、仕方もないが、どうか、家など欲しがらぬ人間を困らせぬような仕方でやってもらいたい。

カズノコ倒産劇のとき、新聞にある主婦の投書が載っていた。毎年正月にカズノコを食べてきたが、今年はあまり高価なのでついに買わなかった。買わない主婦は賢明だった、と。

まずは一般的な意見だ。しかし――ぼくは嗤《わら》ったね。この主婦、そこで溜め込んだ小銭を、もっと高価になった自分の家か土地のために投資しようというのじゃあるまいか（下品な言い方で失礼）。こういう手合いを「健全な市民」と呼ぶのだろう。近来こういう市民がうじゃうじゃしていてね、思わず軽い吐き気がするよ。

が、こんなことはお笑い種《ぐさ》さ。問題はもっと他方にある。

いったい、この公団のお役人連中の態度――政府の政策の一端を担ぐ人間としての――それは、どういうことだろう？　まことに得意面で、かつ高圧的に、不均衡是正などとぬかして、平然と家賃値上げを行なうじゃないか。

家賃の不均衡。ふうん！　そんな事態になったのは、われわれのせいではない。公団のお役人連中、お前達のせいだ。お前達の政策の不手際のせいで、こうなったのだ。したがって、お前達こそ、われわれに対して、結果として悪いことをしてしまったのだ。

それなら、家賃値上げの前に、まず、お前達がわれわれに対して、悪かったと謝る、というのが人間的行為ではあるまいか。いや、誤解されては困る。謝れ、ということはつまり、辞職しろ、ということである。そんなことを髪の毛一本ほども考えず、ただ「不均衡の是正」などという、蛙の面然としたお前達。「卿等の面憎むべし」とは、こんな時に使う言葉だろう。

——いやはや、脱線気味で失敬。しかし、ぼくがいささか不穏当な言辞を弄《ろう》しても、この場合は構わないだろうと思う。なぜなら、この公団による団地とは、私有のアパートではない。公的な施設だからだ。つまり、われわれの税金によって造ったものだからだ。そのわれわれの一人であるところの、ぼくが、そんなふうに言ったところで咎《とが》めるには当るまい？

ねえ君、いまぼくは、日本の近代化の劇をおさらいするために、近処の若者といっしょに、福沢諭吉の『学問のすゝめ』から読み直しているところだ。思いがけなく、彼は明快だった。

彼は言っている。「国」とは、つまり、われわれ一人ずつが寄り集って作る「会社」のようなもので、「政府」とは、つまりその会社の「事務取扱い」に過ぎないのだ、と。これはスッキリしている。この「会社」とは、なにもあの巨大なM商社ではなく、机一つに電話一つ、三人くらいで始める出版の会社の基本で考えても、いいものじゃないか。

われわれの税金の、事務取扱いが「政府」である。われわれの居住に関してのそれが、団地についての当局、つまり「公団」である。彼等は不手際を犯した。それなら辞めるのが当然だ、と言うべきではなかろうか。

ところがね、われわれの間ではそうはならない。公団当局に「不均衡」だとおどかされれば、ハイハイとお辞儀をして、家賃の値上げ分を払いに行く（むろん、ぼくもその一人だがね）。

たぶん、諭吉はそんな光景ばかりを見ていたのだろう。「日本にはただ政府ありて未だ国民あらずと言ふも可なり」と言っている。「あたかも国は政府の私有にして、人民は国の食客たるが如し」とも。彼はさらにわれわれを嘲笑しているよ。諸君は、それではまるで「政府の玩具」に過ぎないじゃないか、と。

実は今日、ぼくが君に伝えたかったのは、その一句の発見だ――「政府の玩具」！　なんと百年前から同じことだったのさ。あの敗戦にもかかわらず。アハハ、われわれは、いつも、睡《ねむ》い眼をしたセルロイドのお人形に過ぎなかったのさ……。

〔「週刊読書人」一九八〇年二月二五日号〕

巨大な「悪夢」の正体――団地通信8

――1981, 2

――遠方の友へ。

ご機嫌いかが。よく生きているかい？

いや、こんなことを聞くのも、そろそろわれわれの間に、到るところで、生の混乱とか矛盾といったものが、現われ出したと思うからなのだが。

今年の賀状で、君は、そろそろ、からだが「ガタガタ」になってきた、と言っている。無理もない。働き過ぎなのだ。軍人家庭の子息であった君は、十七歳のとき親を見捨て(哀れな親をね！)、ただ一人になり、あとは徒手空拳、なんとか自分の人生を築いてきた。

マイホームを持ち、二十歳の息子と十八歳の娘を育てた。立派な仕業だったと思う。それこそ「よく生きてきた」ので、それと引き替えに、からだが「ガタガタ」になるくらい、仕方がないじゃないか。

ことによると、君は、その、からだの「ガタガタ」を、「よく生きてきた」ことの証しとして、自慢しているのじゃないか？

もしそうなら、とんだお笑い種だ。もし君が、そのマイホームや息子や娘をもって、自分が「よく生きてきた」ことの証しにしようとして、はて現在、そんなことがうまく成立するだろうか？

なるほど、家を持ち子供を育てることが、常に変わらぬ、「よく生きてきた」ことの証明であるには違いない。しかし……しかしもう一度繰り返すが、敗戦時に少年であったわれわれの場合、果してそれはそうだろうか？

さらに問う。この「よく生きてきた」は、社会という大地の上に、すっくと垂直に立っているとき、そう言ってしかるべきものだが、もしこの大地自体が、ゆっくりと回転して傾《かし》いでいるとしたら、どうする？

というのも、私にはなにかこんなふうに思われるからだ。戦後、われわれは一人ひとり、自分のために無我夢中に走ったつもりだったが、その実、何ものかに背後から駆り立てられて走らされたのであり、営々と働いて「よく生きてきた」はずのものが、その実、この「よく生きてきた」が、いまや、巨大な悪夢の正体のようなものへと化そうとする、その瞬間に立ち会っているのだ、と。

こういう場合には、常に、犯罪が、その先駆的な徴候を示すものだ。先日あったじゃないか。たいして理由もないのに、父母を金属バットで殺してしまった二十歳の青年の事件。

殺された両親は、いま思っているに違いない。立派なマイホーム、育て上げた息子達。自分達は「よく生きてきた」のだ、いったい何が欠けているのか、と。

その通りに違いない。何も欠けてはいない。しかし、その「よく生きてきた」が、そのまま砂漠と化そうとは！　まるで悪夢を見ているような思いがしているに相違ない。

こんなことをいうのも、私自身がいま、悪夢を見ているような思いをしているからである。私の生が混乱している。

ちょっと前にもいったとおり、私はこれで二十年間、賃貸の公団住宅に住んでいる。すると誰だってこう考える。きっと彼だって一刻も早くマイホームを欲しいと思うだろうな！　と。なるほど、それに違いない。

ところが、である。ここに一人の天使が登場して、「家をタダでくれてやる」というのだ。え、いまどきそんな夢みたいな話があるものか、と疑う人もいるだろうが、これは実話である。しかし、現実の話だから、それは生前贈与なのだからそのための税金を払え、といわれてみると、夢の正体といったものがおぼろげに見えてくる。

この「家」をめぐって、自然主義作家お得意の数場面を、初めて私も経験したが、いやはや、人生というものはまことにむつかしい。

（手取り早くいえば、マイホームを持ち子供を育て、という信仰の薄い私のような人間の場合、その天使のくれた夢は——せっかくだが要りません、というのが、いちばん合理的な解決なのである。）

もっとも、私がそこで見る思いがした悪夢とは、そんな人生的なものではない。

私がゾッとしたのは、すでに「よく生きてきた」世間のあらゆる声が、税金というような面にかかわる国家のあらゆるシステムが、マイホームを持てよ、と合唱しているような光景であった。

私はいままで、マイホーム（持ち家としての）というようなことを考えたことがなかった。そこでこの合唱に初めて触れたわけだが、なにかそれは巨大な芋虫の蛇腹に触れるような感触のもので、私の指先は震えた。

私はこんなことを感覚した（間違っているかもしれないが）。実際、二十年、三十年のローンをかけてマイホームを獲得する、その行為だけが非常に優遇されている、と。

つまり、いま国家は、税金にかかわる面の全機能をあげて、われわれに、この二十年三十年のローンによるマイホームの獲得をうながしているのだ、と。

三十年のローン、というとき、敗戦時の少年であった君の生が、一つの尺度になる。なるほど、君は、立派なマイホームを持ち、立派に子供を育て、つまり「よく生きてきた」。そして引き替えに、からだは「ガタガタ」になった、とか。

それこそ、よく働いてよく生きた、一人の人間の生の記録ということになるのだろうか。そして、このマイホームへのローン＝三十年の未来の売り渡しとその結果の「よく生きてきた」が、国家の新設ということになるのだろうか？

——しかし、われわれの全員、すべての者を、それほどにマイホームへと駆り立てることによって、なにか陰謀を企んでいるとしたら？

私はそれを疑う。しかし、その疑いをみずから解くことができない。私は無知を悲しむ。

私は漠然とだが、こう思う。これほどわれわれが一致して一つの方向へ走っているのは、間違ったことである、と。

——全員が駆り立てられているのだ。まるで片眼を潰された羊の群れのように。

そう思う。いかにその走る方向が、「マイホーム持ち子育て」の市民的幸福の幻影であり、「よく生きてきた」の人生的充足の幻影であるにしても。

一瞬時に、「家をタダでくれてやる」といわれたとき、私の眼から鱗《うろこ》が落ちた。その三十年のローンによるマイホームの「幻影」は、破壊された。それは、なにか国家の操り人形になることに過ぎなかった。

こんなことが考えられた。せっせとローンを払っているうちが、幸福なのである。マイホームを獲得したあげく、充分に生きて、さてそのマイホームを、どこの巨大なゴミ捨場に捨てようかと思案するとき、きっと彼は、生の混乱を味わうに違いない。

さらに、こんなことが空想された。あと二、三十年もすると、ほとんどすべての人がマイホームの獲得者となって、所有者ばかりで身動きできなくなる。さて、そのとき或る人が家を他人にくれてやりたくなった。彼はどうするのか？

――このような空想の行手には、乗客で押し潰される船のようなもの、つまり「破船」の想像しか見当らない。

そしてさらに、私は実は、そのマイホーム獲得の内容となるもの、あの「よく生きてきた」も、同じコースをたどって難破ということになるのではないか、と疑っている。

私は悪夢を見ているのか。このマイホーム合唱隊の一人の声を聞いてみよう。

これは渡部昇一という大学教授の声である。彼が、明治の青年を駆り立てたベストセラー、翻訳『西国立志編』について論じていたので（『「自助論」について』――『諸君！』一九八〇年四月)、文学談だと思って読んでいたところ、彼のペンが一転して、「公団住宅」住民への悪口になるので、私はあぜんとした。

彼は、「何度か公団住宅の荒廃に関する記事」を読んでいるうちに、そのうちふと、「荒廃する理由」がわかったそうである。理由とは――「それはきっと税金で建ったもので、入居者は市価に相当する代価を払っていないのではないか」ということである。

したがって、彼の提言はこうだ――「住宅政策も安い住宅を政府が提供するという姿勢はやめた方がよい。それよりも粒々辛苦して建てた個人の家に、不動産所得税をかけるとか何とか、(略)やめた方がよいだろう」。

一見、もっともらしい。もっともらしいのは、それこそ「国策」に沿っているからである。自助によってマイホームへ走れ、と。

この人の困ったところは、大学教授にもあるまじく、二、三の記事を読んだだけで、公団住宅住人の「荒廃」が分ってしまうことである。

そんな荒廃――本当にあるのかね？　私は二十年の団地居住者だが、そんな荒廃をかつてこの団地で見聞したことはない。

そうではなく、その「荒廃」は、たぶん若干の住人の「家庭」の荒廃であろう。その家庭は、これまたたぶん、先の金属バットの青年の家庭に類するタイプ、おれはいつも「自助」でやってきた、それゆえに「よく生きてきたのだ」ということを、この大学教授式の思い上がった一知半解の言葉で説くところの、そういう家庭であろう。

——いうまでもなく、以上の例は、われわれが、生の混乱のなかに在ることを示している。混乱とはなにか。自分で自分に躓くことである。われわれはいま、戦後三十数年の自分の思考に躓き、自分の生に躓いている。そして——あの「よく生きてきた」も、幻想なのである。

〔「週刊読書人」一九八一年二月二日号〕

気怠い日常のなかで——団地通信9

——1982, 2

遠方の友へ。

私は正月休みに柄にもなく、若干の小説類と新聞記事などを読んでみた。「今日」というものが、いったい何を興味の的にしているのか、その傾向を知りたかったからである。それらを通読して私はこう思った。

この一九八二年の初頭には、人生的な側面としては、次の三つの興味ある現象が提示されている、と。一、気怠い日常。二、孤独な老人。三、家庭内暴力あるいは日本における離婚の増大(もっとも、産業に興味のある人なら、コンピュータの進歩による会社的な仕事の諸手段の変化、という例を選ぶだろうが)。

この三つの現象は、実は一連のものであって、ことによったら同根のものである。それらは、日常のうちに完封された状態において強く感ぜられるものであり、多かれ少なかれ、家庭という基盤の上にあるものだ。

つまり、事件とか歴史とか、なにかしら時代のドラマめいたものが、人びとを動かす材料ではなくなってしまったのだ（十数年前ならまだ、歴史的時点とか転回点というような言葉が、若干の興奮をもたらした）。

日常から、事件と歴史という色彩を取り去ってみると、何もない日常、あるいは、なんでもない日常、といったものが現われる。すなわち、気怠い日常の発見がある。

気怠い日常。これは実は、最近の小説がほぼ一致してそんな意味の日常を描いているので、私が抽出してみたのだ。ことに二十代の作家、いわゆる新人作家の小説に、それは至るところで散見される（代表例は、中沢けい『女ともだち』など）。

若い作家の感受性は、時代の性質を測るリトマス試験紙のようなものだ。白紙のような感受性が、眼の前の新しい時代が内蔵しているものを写し取るからである。そして、今日の空気のなかに、彼等の探り出したものが、気怠い日常である、というわけだ。

ああついにそんな時代がやってきたのか、と、この気怠い日常ということの発見に、私は心を揺り動かされた。遠方の友よ、君も覚えているだろう？　戦争中の少年であるところのわれわれが、どれほどこの気怠い日常の幻影にあこがれ、どれほどエキゾティックな心情で渇望したかを。

われわれはこう思ったはずである。ああ、それこそ、平和のなかの平和である。平和時の珍味である。だが、残念なことに、戦争がそれを二度と回復し得ないように打ち壊してしまった。われわれはもはや生涯、そんな気怠い日常の存在に巡り会うことはあるまい。なんということか。現実の戦争中の少年であるよりも、この気怠い日常のなかのルンペンである方が、どれほど豊かな人生であったことだろうか！　と。

――ところが、ふと気がついて見回すと、いつの間にか、その気怠い日常が、私の周囲に存在していたのである。では、私は、かつてあれほどに憧憬し渇望していたところの存在に、直面しているわけである。私は狂喜しなければならないのか。

いや、幻影は落ちた。憧憬は去った。いまこそ私は、この気怠い日常の内容を直視しなければならぬ。

一つの回想が私の心を揺すぶる。

遠方の友よ、君も覚えているだろうが、われわれは、敗戦後すぐの薄暗い映画館の片隅で、ジュリアン・デュヴィヴィエ監督の『旅路の果て』という映画を観て、心打たれたのであった。

それは、孤独な老人達が季節外れの避暑地のホテル（のように当時は見えた）俳優養老院施設に集まってきて演ずる、滑稽と悲惨の軽い喜劇を描いたものであった（軽さ、ということが重要である）。老残の人生、といったものを、気怠い日常を背景に描いていた。

この映画を観たときほど、われわれが深く、平和の感覚を味わい、平和の甘美な果実を夢想したことは、なかったはずである。孤独な老残の人生！　それは甘美な哀愁とともに心をそそるほどの、われわれの夢想の対象であった。我が身一身の生涯においては、ついにそのような人生の姿に到達することはあるまい、と思っている、われわれ戦争中の少年にとっては。

ところが、いま、気怠い日常が、そんな人生の光景を運んでやってきた。

新聞を見ると、記事を特集して、この人を見よ、といっている。病院に、施設に、孤独な老人が容《い》れられて、老残の人生を送っている。もっと興味ある光景は、家庭内の一室が、さながら見えない透明の壁によって隔離された収容所と等しいものと化して、そこに老人を閉じ籠め、監禁している図である。何もない日常あるいはなんでもない日常のなかの、孤独な、老残の人生が、そこにある。

してみると、われわれは、戦争中の少年期に熱望した人生の光景を、いまや手中に獲得しているのである。スクリーン上のイメージとしてではなく、正銘の、現実の光景としてそれを見得るようになったのだ。

なんだ、正体はこれだったのか！　という嘆声が、思わず漏れてくる。せっかく少年時の夢想の内容が成就されたというのに、いっこうに面白くもおかしくもないからである。

われわれは、何かを深く間違えたのではあるまいか？　といった疑問が生じてくる。というのも、現在五十代に到達したわれわれこそ、今日の光景を構成するもの——気怠い日常をもたらし、老人を収容所に放り込み、自分の息子達の場所で家庭内暴力を生ぜしめる、といった場面での、主役を演じている者ではないか、と思うからだ。

いわば、われわれは、少年時に夢想したところの気怠い日常を、今日に成就したのである。大笑いしてよろしい。しかし、われわれは、自分達の手が成就したものに、はなはだしく違和感を覚えている。ちょうど、スクリーン上のイメージと、現実の光景との間には、ズレのあるのは当り前だが、それよりもっと大きなズレが、少年時の夢想と、それが成就された今日の現実の光景との間には在る、といった塩梅《あんばい》のものだ。

いや、いったいこれはどうしたことなのか？　われわれはもう一度、戦争中あるいは敗戦の、あの少年時の原点へと還ってみなければならない。

われわれは——と当時思ったのであった——これからは、家というような自然の絆《きずな》からは切り離され、抽象的な、あるいは記号的な、最小単位の空間の中に生存するほかはないのだ、と(たとえば動員下の工場の集団生活、あるいは軍隊入りの予感のような)。

　そして、敗戦時には、われわれは親を見捨てた。遠方の友よ、それはたぶんわれわれに共通の経験である。そうしなければ、われわれの前途が拓《ひら》けぬ、と思ったから。われわれはなにも、敗戦によって哀れな身分になった親を軽蔑したのではない。そうではない。親を捨てて、もっと正銘の、いっそう無力な場所から、新しく出発したかったからである。たとえば、見捨てられた石ころの存在であり、乞食の身分であるようなところから。

　だから考えてみれば、今日の光景は、もう一つ別の意味でも、以前のわれわれの望みを成就したものだ、ということになる。われわれは、親を見捨てた。むろん、幼い弟妹(今日の、息子に擬せられるもの)も見捨てた。当然のことだが、彼等が争えば、家庭内暴力が生ずる。むしろ、われわれこそ、敗戦時においては、その家庭内暴力の元凶であった。

　——すべて、そういうことなら、今日改めて何を驚く必要があろうか。今日の気怠い日常といっても、下部でその組成を企んでいるものは、戦争あるいは敗戦時に獲得された、生存のための眼には見えないシステムとか、方法といったものである。

　戦争は、一面は破壊であるが、一面は創造である。あるいは戦争は、一面は平和の終結であるが、一面は次にくる平和の発端である。したがって、今日の気怠い日常の下部は、四十年前の戦争によって容赦なく経験させられ、新たに発見された生存の意識によって、眼には見えない網の目のように、組成されている、といってよろしい。

われわれが、お互い同士知り合った、人間の生の残酷さは、そこからやってくる。その生存の残酷さの感触は、親子の絆を乗り超える。夫婦の絆を乗り超える。家庭という枠では、もはやその意識を抑えることはできぬ。

戦争中のそんな生存の意識の成れの果てを、平和の形に換えて、ゆっくりと成就してみせてくれたのが、今日のこの光景である。今日の気怠い日常というのは、日常の黄熟ではない。生の意識の、一部の欠損において成立している。親も子も忘れ、眼には見えない壁によって区切られた、抽象的な、なんでもない日常のなかに、自分一人がいる、自分は任意に自由である、というような……。

われわれを一人ずつ区切って閉ざす、眼にも見えない抽象的な壁とは、いわば、われわれの心の壁のことである。われわれは、戦争によって、自分の心の壁に頭を打ちつけるような人間になってしまったのだ。自分の心が石壁のようなものに化すとき、親も他人なら、息子も他人となる。いわば、家族とか家庭は、至るところで分裂し、独立する。そして、一人になったときだけ安心をする——これが、今日の気怠い日常の光景の成立である。

遠方の友よ、今日の日常を眺めて、以上のごとく私は観察した。そしてこう思った。われわれは、戦後の歩みに合わせて、自分の女房をもち、自分の息子を持ち、自分の家を持ち、つまり、自分の家庭を創り上げた。

しかし一方、われわれは、自分の家庭というときの、その「自分」とは何であるか、について、さして深刻には考察してこなかったのである。

自分とは何であるかと思い、かつて心に誓い、必死に考案したところの、「自分の掟」というようなものを、忘れてしまったのだ。

今日の気怠い日常の背景に出現するのは、一つの不在である。われわれは、本来なら、平和な日常や家庭の幸福の幻影を追うのではなく、親子の見捨て、あるいは家庭の分裂に賭けて、自分に似合う、一つの倫理を創造すべきであった。

〔「週刊読書人」一九八二年二月一日号〕

空虚になった自分の「家」――団地通信10

――1983, 2

遠方の友へ。

お正月をどう過ごした？　私は例のごとく、徒刑囚のような日々を過ごした。一年に一度やってくる、もっとも不愉快な日々を送った。

暮から正月にかけての一週間ばかり、訪う者とてない閑寂な日々を送った。ただ、「家にいる」という五文字だけが実質であるような、無意味な、簡単な日々を送った。この団地の窓々を見回しても、そこに人は不在である。いや、人はいるのだろうが、あたかも不在であるかのごとく、ただ家にいる、それだけなのだろう。

不思議なことに、この時期は、街も死んでしまう。人の行き交う雑踏はあるのだが、何か奇妙にひっそりとする。私の周囲で、新聞が無意味になり、事件がなくなり、外部がなくなり……そして、何もなくなってしまう。きっと、私の死の日々や、人間の総体死の日々は、こんな感じのものに違いあるまい。

思ってみれば、私は昔から正月が嫌いだった。耐えがたい感覚に襲われる。なぜなら、この時期は、人がすべて、「家の子」に還ってしまうからだ。毎日顔を合わせている友達、仕事仲間とも、この一瞬、ぷつりと糸が切れてしまう。人が別の顔をしはじめる。家の顔をしはじめる。みんなが「良い子」の面をする。修身の教科書顔をする。

地方出身の若者の一人が、「東京の正月は厭だ。実に淋しい」とか言っていたが、なに、それは生れて以来東京在住の私にしても、同じことだ。故郷に戻るように家に還る、そのような家を否定する人間には、すべての人が家の子になるこの時期は、まさに徒刑囚の日々の感覚をレッスンする場に異ならない。

——しかし、遠方の友よ、思い返してみよう。

そうではないか。君も私も、敗戦時の十五歳で、自分の生家を全否定することで出発したはずだった。一人になりたかった。自由、独立、そして自分自身であること、それらの内容がすべて、この行為に賭けられていた。

そして、人生の絶頂を過ぎ、五十歳に達したいま……（少年時のあの決意からすると、生き過ぎたのじゃないか？　みっともない）……実に奇妙なことに、君は君の家を持ち、私は私の家を持っている。つまり、自分が始めた家族を持ち、家庭を構成している。いったいこれは何なのか？

ねえ、君、私がこんなことを言うのも、暇潰しに新聞を読んでいたら、しきりに、家族の解体、家庭の崩壊ということが、今日の痛切な社会問題であるらしく言われているからだ。そしてその原因は、物の豊かさと繁栄ばかりに走った高度成長にある、とされている。本当だろうか？

いや、私はそうは思わない。私は、自分の生きた経験に学んで、次のように言う方が真実らしいと思う。

――戦争が種子を播《ま》き、平和がそれを花開かせる、と。

実際、われわれは、戦争時の家庭の子として、次の二点を痛く学んだのだ。

戦争が日常の中に滲透してくれば、誰も、他人のことなぞ考えない。自分の家族のことしか考えない。家族だけが味方だからである。しかし、情況が一段と深まって、戦争が精神の中に滲透すれば、家族さえばらばらになってしまう、と。

君も胸に憶えがあろう。敗戦のあと、われわれこそ、家族解体の元凶であり、最初の家庭内暴力の子供であったことを。

そんなわれわれの新設した家庭こそ、今日の社会の中央にあるものじゃないか。家族の解体、家庭の崩壊、家庭内暴力の、そのすべてがあることに、何の不思議もあるまい？戦争の経験を、平和がゆっくり花開かせているのだ。

さらに、こんな余談を付け加えておこうか。

武器を使う戦争は、男のする戦争だが、平和とは、女が見えない戦争をする場面である、と。女の戦場とは、家族や家庭である。女達が、勝ちたいとあせっているかぎり、よほど上手に負けることを学ばないかぎり、家族の解体や家庭の崩壊は、いつもあり、また、いくらでもあるだろう。

もっとも、そんなことは大した問題ではない。良いことでも、悪いことでもない。解体したって崩壊したって、人はそれなりに生きてゆく。生は、どんなふうにでも在り得る。生は、社会問題を患う知識人が心配するほど、それほど小さくもなければ、それほどに脆いものでもない。

——だが、遠方の友よ、いまはもっと別の話をしようじゃないか。

それは、今日、われわれ自身の生の基底から発し、同時に、われわれの家を見えない膜で覆っているかに見える、奇妙な空虚についてである。

君はどう思う？　私はこっそり打ち明けて言うが、毎日の生活が、日常が、一日一日を生きることが、これほどしんどく、おっくうに感ぜられたことはない。初めての経験だ。何の苦労もない平凡な一日（つまり、幸福な一日なのか！）を過ごすこと、やや誇張すれば生きることに、つまり、昨日と同じく今日という一日を生きるために、何か全身の努力といったものが必要なのだ。すべてのエネルギーがそのために消費されてしまう。

ねえ、君。おかしいじゃないか。昔のわれわれだったら無視し黙殺した一日、在っても無くてもよい一日、何でもない一日、ただそんな一日を持続するために、五十男が背骨の曲がるような思いで辛抱しなければならぬとは。

われわれは、いったいどうしたのだろう？　こんなはずではなかったのに。

なぜなら、われわれは、戦後自分自身を出発させるにあたって、良い生存の条件として夢のように思い描いたものを、今日すべて入手しているからだ。

私はといえば（いや、君も同感だろうが）、あの頃、私は一本の良い万年筆が欲しかった。しかし、それがなかった。仕方がなく、他人から奪った。つまり、借りて返さなかった。

インクの滲《にじ》まぬ良いノートが欲しかった。それがなかった。仕方がなく、手当りしだい会社の用箋紙の裏などに言葉を書き散らしたが、粗末にしたおかげで（そこで私は汚れた）、ほとんど散逸してしまった。いまでは、自分の本当の考えはそこに書かれたのではなかったか、と悔まれる。

読みたい本が手に入らなかった。仕方がなく、他人の本で間に合わせた。だから私は、上巻しかないときには上巻しか読んでいないし、下巻しかない読んでいない本も数々ある。後年、足らぬ分を補って読むことができたはずだが、私はそれをしなかった（そこで私は歪んだ）。だが、後になって補う、などというのは私の生の掟に反する。白状するが、私は全集を読む幸福を知らない。日記と書簡しか知らず（古本屋で安かったから）、小説を読まない大作家は沢山いる。おかげで、いまでも私には知識がなく、無教養だ。

そして、何かを考えるための、静かな自分の部屋が、どれほど欲しかったことだろう！いや、思ってみればあの頃は、この私が、女房を持ったり、生活を市民らしく営んだり、一日中本を読んだり文章を書いたりする日を持ち得るとは、考えられもしなかった。

——ところが、ねえ君、あっさり言えば、私は今日そのことごとくを持っている。入手している。あの頃望んだ自由と豊かさのすべてが、ここにある。

つまり、われわれは、最後の出発にあたって望んだことのすべてを達成し、それを

「家」として所持しているところだ。あの頃、衷心から望んだ、自分の万年筆、自分のノート、自分の本、自分の部屋、自分の女房、自分の生活……それらが凝り固まって出来上がる化身が、自分の「家」である。今日私はそれを所有している。

では、何の不服もなく、満足のはずではないか。われわれは今日、自分の望んだことを達成した成果としての、自分の「家」に直面している。幸福というものではないか。二三んが四の計算上は、そうなる。しかし、この「家」の、なんと空虚なことか。

ねえ君、われわれは今日、自分の望みを達成した自分の家にいるのだ。いわば、無苦痛の状態にいるはずなのだ。これこそ、三十数年の努力を傾けて、われわれの創りあげたものなのだ。いやはや、驚いたね、無苦痛の状態がこれほど空虚なものだったとは。望みを達成してその後往き場のないということが、これほど滑稽な正体のものだったとは。

いや、もっと怖ろしいことがある。われわれの拓いたこの自分の「家」が、今日の社会の中央に居座っている存在だとすれば、それは定義上――苦痛とか不幸の許されぬ時代、単純に人間である者の人間らしさとしては許容されぬ時代が、やってきた、ということだ。

苦痛や不幸は、医家の対象や社会問題の対象となるばかりであって、人間的な深さ豊かさの一つの表現、としては認められなくなってしまったらしい。

今日の家族解体、家庭崩壊、家庭内暴力などは、われわれの新設したこの自分の「家」への、一つの否！であると同時に、より深い意味においては、新しく苦痛や不幸を求める一つの根本的な衝動なのであろう。

さて、そしてどうする？　自分の家を創って満足し、満足のあまりに生が空虚になったその後で、われわれは何処へ往く？

〔「週刊読書人」一九八三年二月七日号〕

ついに自己解体の日が——団地通信11

——1984, 2

私は歩いていた。いつものように歩いていた。すべては平常であり、風景にも、心理に微差の生ずるいかなる変化もなかった。毎日歩いている人間には、歩行とは、すべてかくのごとし、として一歩一歩を運ぶことなのである。

…………

だが、何かおかしい。何か妙なのだ。すべては普段と寸分の狂いもなく動いているのに、何か一点普段とは違ったものがある。

といって、その一点が何なのか、何処に在るのか、それが判然としない。探してみても分らない。私はそっと自分を確かめようとする。何かおかしいのは、それはこの手の振り方だろうか、靴の重量の微妙な変化だろうか、それともこの全体の風景の中に何か見えざる変化があるからだろうか？　しかし、分らない。

注意しようとしても、意識が空回りしてしまう。何か意識の内部に、突然に不在の一点が生じ、それが何か全体に、全部のことに、マイナスの意識を与えているかのごとくである。

普段のごとく歩いているのに、身体が宙に浮いているような気がする。自分を取り包んでいる現実の全体、風景が、表面はいつもの通りに見えるのだが、実は背後の厚みとか重量とかを喪失してしまって、ガラス窓に映っている存在のように感ぜられる。自分が、自分ではないように感ぜられる。歩いているのは確かにこの私なのだが、その私が別人でもあるかのように、仕方なく歩かされている機械人形か何かのように感ぜられる。

不意に、私はハッと或る考えに打たれる。

——そうだ、自己解体が始まっているのだ。とうとうそんな日がやってきた……。

——遠方の友よ。

しかし、外出とか散歩とかの歩行の場面ばかりでなく、われわれの実際の生活そのものにおいても、同一の似たような事態が生じているのではあるまいか。

われわれは戦後以来三十九年、ただ生きてきた。可もなく不可もなく生きてきた。つまり、ずっと歩き続けてきたわけだ。ところが、いま、ここに到って、何か妙なのだ。歩行が宙に浮いているように、生活が空回りし出したように感ずるのだ。生活という荷を一杯に詰めた自分の人生を背負って、はるばる歩いてきたつもりだが、ふと後を振り返って見ると、それはいつの間にか空き家同然になってしまっている。

実際、生活から、実体感が喪失してしまっている。お断りしておくが、何の変化があったわけでもない。私は自慢じゃないが十年一日の生活をしている。朝起きて飯を食い昼働いて夜眠る、と、そういう生活が何の変哲もなく行われているのだが、しかし、いまは何か奇妙なのだ。一日のその何処にも、自分の居場所がない、見当らないのである。飯を食べている時にも、昼間道を歩いている時にも、働いている時にも、「自分がここにいる」「いま自分はこうして生きている」という判然とした感覚が、生き生きと感ぜられない。失せてしまっているのだ。

これは、かなり困った事態なのだ。生活が、求心力の一切を失っているのだ。求心力とは、生活の目標、計画、希望、努力、忍耐……といったもので、人が地面に脚を着けて歩き出すときその中心になるものだ。こういう求心力こそ、われわれが日常の中でする支離滅裂な行為を、生活という一つの統一体へと結集するところの或る力、いわば重力なのだ。

だが、生活から、その求心力や重力が失せてしまった。われわれは、空気の存在をことさら意識しないように、普段は、この生活を生活らしく成り立たせている、求心力という眼には見えない静かな力を、ことさらには意識しないで暮らしている。それが自然なことだからだ。自然とは、この求心力に沿って流れるものだ。ところが、なぜか、どういう理由でか、ふと気がついてみると、この生活を自然に導いてきた眼に見えない力が、いまや喪失されてしまっているのである。いったいどうしたのだろう?

なにも私の生活ばかりではない。徴候は、世間の出来事の到る処に顕われている。この一年は、テレビの「おしん」がブームだったという。おしん、の象徴的な意味合いは、生活における子供時代ということだ。子供時代には、生活の目標、希望、努力といったあの求心力が、ごく自然に生きて働いている。

ところで、生活から目標が消え、実体感が失せてしまったとき、それでも人の胸に宿る幸福の幻影とは何だろうか——それは「回想された子供時代」に他ならない。ああ、あの頃はあんなにも良く生きていたのに、という胸を打つ痛切な感情である。

してみると、いまや時代そのものが、宙に浮いた歩行と同じく、また実体感を欠いた生活と同じく、ついに空しく空回りする地点に到達したのであろうか。

では、こういう時代の中の子供世界は、いまは何を映し出しているだろうか。すると、横浜の中学生グループによる浮浪者襲撃事件のようなものが思い出されてくる。こういうものが、生活が空回りしはじめた時代の生み出す典型的な犯罪なのではあるまいか。おそらくこの中学生達には、犯罪という意識はなかったであろう。「街を綺麗にするのだ」とか言ったという。彼等はそこに一つの役割を求め、その役割にしたがってただ演技しただけなのであろう。

生活に求心力がないときには、自分が生の主人公であるような居場所は見当らないのである。自分がなんだか仕方がなく生かされているような気がする、自分が自分でないような気がする、確かなものが何もないような気がするから、何をしたらよいのか判らない……といった心理のあげく、空想染みた極端な役割が思い描かれ、自分の生の感覚を確かめるために、それを演技してみようとする。そんな心の地帯が広がっているのではなかろうか。

またそれから、或る中年者の不動産鑑定士が、競売の土地を明け渡さぬのに腹を立て、一家族五人ばかりを冷静に惨殺するというような事件もあった。この犯人は、努力家で、営々と独学を重ねて資格を取り、その後の仕事も順調だったそうだ。彼はなぜこんな犯罪を惹起したのか。

横浜の中学生も、この営々たる人生の不動産鑑定士の場合も、彼等を犯罪へと駆り立てたのは、実はその背後で、家庭とか生活とかの基体が空回りを始めていたからではないか、と思われる。これらの犯罪がその思いがけない切り口にかけて、或る徴候としてわれわれに露骨に見せてくれるのは、

――いまや生活のあらゆる面において自己解体が始まっている。

ということではあるまいか。犯罪は時代に先駆するその最初の軋《きし》り音だ。

実際、この一年は、新聞記事に事件として登場する人生的側面をみれば、老人問題、サラ金苦、子供の非行、の三点に絞られる。その三つはどれも、生活の自己解体現象を告げるものだといっていい。

――遠方の友よ。

私は、自己解体を始めた自分を前にして、正直のところかなり弱っている。なにしろ感動というものがまるでないのだ。いや、感動などというのは贅沢だ。何か或ることをするとき、たとえば散歩でもいいが、いま自分が確かにそれをしているのだという新鮮な感じ、それが欲しいのだ。だがそれが見当らない。生の意欲に必要な新しさというものがない。みずみずしさというものがない。少年の時は、夜一度死んで、次の朝はすべて生れ改

まった新しい一日であったのに。

生活が、砂でも噛むように感ぜられる。なんだか生活の全体が、自分が生きて動いているのではなくて、賃労働の、他人事の仕事をしているような気分である。どんどん自分が、かつて自分の基体であったものから離れてゆく。人や物が、どんどん遠去かってゆく。人に会い、人と話すということが、まるで意味もないもののように感ぜられる。そういう機会や能力がどんどん減少する。言葉が寡《すくな》くなる。自分という基体の一つは、明らかに身体の奥にある蠢《うごめ》く言葉の巣のようなものだが、それが衰弱する。

だから、ああ、どうか自分を刺激するものが欲しいと思うのだ。針の尖端で身体を衝《つ》けば、少なくともその一点だけには、苦痛と共に自分がそこにいるという確かな感覚が甦るだろう。そんな何か衝くものが欲しい。何か麻薬のようなものが欲しい。もはや犯罪の幻想などといったものでは、頭脳は温まらない。幻想は豊かな内部の所産だが、内部という水源地も衰弱し、空回りしているからである。

日常生活の中で、この麻薬の代替物とは何だろうか。それは――嘘と、仮面めいた役割と、誇張された劇化・演技である。これからは何かそんなものが非常に必要になってくるだろう。自己解体の時代には、自分とか、自分をして自分らしくあらしめるところの自然いさ、というようなものに実体感はないのである。われわれはこれから、相互に脈絡のない小間切れの役割を演技しながら、日常生活を送り、人生を過ごすようになるだろう。嘘が、喜ぶべきものに見えてくるだろう。嘘が飾らぬものは、空しくて耐え難いものになってくるだろう。

一方、嘘ばかりでも生きられぬから、もっといっそう祈りの声を必要とするようになるだろう。自己解体に当って初めて人は祈るようになる。ばらばらの一人だけの部屋の中で、ただ呻くように祈るだろう。

そこで、人々のこの仮面めいた役割への要求や、祈りへの要求に応えるために、これからは、滑稽な、架空の、小さな神々のような存在が、到る処に出現してくるだろう。思ってみれば、すでにテレビが、日常生活へのそんな機械仕掛けの神の役割を果していたのかもしれないが、こんどはもっとそれとは違った、意想外な、新奇な、嘘の神々の全盛を迎えることになるだろう。

――ねえ、君。自己解体とはまことに辛いものだ。これからは怖ろしいことが起るよ。いや、違う。怖ろしいことがごく普通に現われ、それを眼にしてもわれわれは別に感じない、そんなふうになるよ。

〔「週刊読書人」一九八四年二月六日号〕

スキャンダルと犯罪の繁栄——団地通信12

——1985, 2

——遠方の友へ。

去年はひどい一年だった。私は、正直に自分が駄目になった男だと思い、よろよろと歩いた。四歳の幼児でも、私を指差して言うことができたろう。あれは、もうおしまいになってしまった男なのだ、だから汚い、と（ちなみに、昔の会社に勤めていれば、私は今年が停年だ）。

むろん、私は、いまは嘘つきになってあるいは少年時に心に誓ったことに反して、綺麗な服を着ている。でも、私は華やかな人の集会所を避けるようになった。自分の手から、指から、爪の先から、人間が駄目になってゆくときの微かな腐敗の香が立ち昇っている、と思うからだ。

人はこんな自分を我慢しないだろう、と、そう私は思う。嫌煙権という言葉が持ち出されるようになった。私は沢山煙草を喫う。私はもう人の集会所には向かない。なるべく遠くにいるようにする。なぜなら、煙草の煙より、駄目になった男の香の方に、人はより敏感だろうから。

だが、実をいうと私は、この嫌煙権というのは、偽りの流行だと思っている。本質は、それに先立って潜在するもの、いわば「嫌汚権」の流行、とでも呼ぶべき心理にあるのだ、と思っている。

すでに戦後の混乱は遠く、時代は静まり落ち着きかえっている。世の中はすっかり綺麗になりつつあるところなのだ。だから、とわれわれは思う。汚い奴なぞ見たくもない。何処かへ出て行ってくれ。こういう心理なのだ。

二年前、横浜で中学生グループが浮浪者を襲撃する事件があった。あれこそ象徴的なことだ。中の少年の一人が、浮浪者は「汚い、目障りだから」とか言っていたと思う。むろん、これは非行少年の乱暴というようなものではない。たぶん、これらの少年達は、彼等が属している家庭の言葉に、素直に従っただけなのだ。たぶん彼等の家庭では、もっと世の中を綺麗にしよう、汚いものは捨てよう、というような、一種の「正しい」言葉が沢山流れていたのではないか、と私は想像する。なに、あの少年達は、家庭の言葉を素直に聞く良い子達だったのだ。

そして、ねえ君、こういう家庭こそ、正しくわれわれが創ってきたものではなかったか。これが戦後日本の努力の成果である、これが戦後民主主義の成果である、と。

何時から、そんな光景が到来したのだろう。そういえば十五年前くらいから、乞食や、戦前だったらねんねこ羽織って子守りしながら一町内で暮らしていく頭の愚かな男女がいたが、街であいう人達を見ることがなくなった。彼等は何処へ往った？　そうそう、われわれは街も綺麗にしたのだっけ？

この、世の中の綺麗さへの欲求は、いったい何処から出てくるのか。先の四歳の幼児だって指差すだろう。それは、国民の九割までが中流意識を持つという、あの幻想の源泉からさ。

山を歩いて頂上を目指すとき、人は汚れを気にしない。そして、自分を（力において）貧しき者と思う。しかし、いったん頂上を断念して中腹で食事でも始めるや否や、その座っている処が綺麗であり、景色も綺麗であることが必要で、そうでなければ損をしたと思う。ちょうどそんなことが、この時代にも生じているのだ。

つまり、われわれは、戦後を生きて、ちゃちな蓄積をしたのだ。しかし、もう努力は厭なので、こんどはその蓄積の安全さの上に立って暮らして行こうというのだ。だから、家庭や街や世の中が、綺麗でなければ困るのだ。こういうものが――あの中流意識の正体である。なんというお笑い種か。

この「中流意識」には、笑わせられる。この幻想は、たぶん戦後最大の滑稽である。冗談じゃないよ、すでに数年前いやもっと前から、それまで惨めに生きてきた者は、その後いくら生きても、もう惨めな生の圏内から出られないのだ、という社会の体制が定まってしまったのに。だから、その幻想は、政府と新聞とテレビとの合体による（たったそれだけのちゃちな存在による）、意識操作の産物なのだ。

いや、そんな単純な事柄では、ないのかもしれない。ねえ君、お前やおれ、戦争中の少年が、そんな簡単な意識操作に引っ掛かるわけがない。が、事実は引っ掛かっている。いったいどういうことか。

なんのことはない。われわれはいま、痛切に自己欺瞞を欲しているところなのだ。自分の現実を直視しないで、それを中流意識と、言い換えてみたいところなのだ。なぜそうなのか。根は分っている。われわれ少年は占領軍に、ギブ・ミー・チョコレート、と手を出した。あれと同じことさ。われわれはそれから四十年、ギブ・ミー・ダグウッド式生活、とかいって働いたのだ。いまさら、嘘でもなんでも、自分がそんなアメリカ的サラリーマン生活を達成した、つまり、日本的中流生活を成就した、という他はないじゃないか。笑わせる。

が、自己欺瞞は恐ろしい。というより、人生は面白い。われわれはいま、自分達が創ってきた家庭・街・世の中から、それらをいっそう綺麗にしようという心理によって、しだいに追放されようとしているところなのだ。

——遠方の友へ。

去年最大の流行語は、㊎と㋪、であったそうだ。私は元の本を読んでいないから間違っているかもしれないが、金持ちと貧乏人の区別、のことだろう。つまり、生活上の階層の分化が進行しているということだ。これは面白い。

どこが面白いかというと、第一に、そんな階層の分化は、すでに十五年以上も前から、現実的には露骨だったにもかかわらず(団地の賃貸2DKの住民の感触)、われわれが、中流意識の幻想へと走らされたことだ。その幻想は、実はこの階層分化を意識しないための自己欺瞞から発している。そして現在、われわれは、㊎と㋪というような、「最新の流行語」の形で、ついに完成してしまったこの階層の分化を、気持よく理解せよ、と意識操作されているところなのだ。これが第二の面白さだ。

いったいこの階層の分化は、何時頃に完成したのだろう。それは十五年前、あの全共闘運動の頃ではなかったか。この団地の窓からは、世の中がそう観測されたのである。戦後の分捕り合戦は、もう終わってしまった。これからは泰平の世の中だ、つまり、貧乏人の子はずっと貧乏人でいる他はない、と。われわれは漠然とだが痛く直感したのである。これから世の中で栄えるのは、戦後に幼稚な新設の家庭を築いたわれわれではなく、なんらかの㊎的な背景を持つ家庭の息子達、いわば二代目三代目の連中であろう、と。そして事実、世の中はそうなった。

思えば、あの全共闘運動は、眼の前でいま幕を閉じようとする社会の体制に抗しての、鋭敏な反抗の運動だったのかもしれない。しかし、また一面では、あれこそ㊎と㋪へと流れる現実の最尖端を露出した運動ではなかったのか、と私は邪推している。私のいうのは簡単なことだ。あの当時もそうして十五年後の今日も、恰好のいい人の恰好のいい言葉しか、聞こえてこないのである。それはなにかしら㊎的な背景のある人達の声ではないか。あの当時に馬の骨のような一兵卒であり、そして十五年後の今日、社会の中で行き場処のない汚い奴の、馬の骨の声なぞ、私は聴いていないのである。

今日の新聞（朝日新聞、一月十四日）は面白かった。広げると中央に、相撲好きの天皇が新国技館に行った写真がある。右上に大きく戦災孤児の特集があり、その主人公は「社会に尽す」ために辺地で働いていた（もう、いいよ）。そして左下の片隅で、ひっそりと中村昌義が死んでいった。おやおや、まるで何かの見取り図だ。中村昌義を知っているか？　彼はわれわれの世代の、一人の馬の骨だ。正直に馬の骨のような小説を書いた。私は、崩壊の始まった日に、生れて初めて作った俳句を彼に献じて、酒を呑む。

空衝いて惨めに生きよ枯れた芦

――遠方の友へ。

去年いちばん面白かったのは、三浦某さんの「ロス疑惑」と、グリコ・森永「事件」だ。スキャンダルと犯罪。これから、この二つが繁栄するだろう。そういう世の中になったのだ。なぜなら、われわれの周囲を綺麗にしましょうという動向は、必然的にこの二つの波紋を生ずるからである。表面はスキャンダル、そして深部は犯罪。

三浦さんの報道には閉口した。みんなが「正しい」言葉ばかり言う。まるで戦争中と同じである。日本式民主主義も恐いものだ。この日本式とは何か。その昔、モンテスキューという毛唐が「法の精神」で、日本では、裁判のとき嘘をつく「自然的防衛権」がないがしろにされている、という意味のことを言っていたが、それと同じことか。それとも、汚い奴は許さない式か。

もっと面白いのが、グリコ・森永事件だ。いったいこの行為者はどんなグループなのだろう？　世の中をからかってやれと思っているらしいが、どうやら子供好きでもあるらしい。

これは私の歪んだ頭に宿った妄想だが、いっそ裏取り引きに成功して、半分のお金で海外で優雅に遊び、半分のお金を孤児の宿に寄附してはどうだろう？　そのとき世の中はどんな波紋の声を発するだろう？　私は聴きたい。

妄想が進むと、ふと私は思う。ああそうか、もしかすると行為者の中には、われわれの世代の一人の馬の骨がいるのではないか、と。その馬の骨が、自己解体を感じた日から、奇妙な自己嘲笑的な手法での自己主張、つまり世の中をからかう、ということを始めたのではないか、と。綺麗になってくる世の中を攪拌してやれ、と。

もう私は観客だ。見て、笑って、ゆっくり階段を降ってゆく。では、馬の骨の諸君、いや、スキャンダルと犯罪の戦士達、どうかわれわれの綺麗な生活の肺腑を衝く、二、三の鋭い発条を発してくれ——なるべくなら当世風に、洒落た言葉と、洗練された行為で。

〔「週刊読書人」一九八五年二月一一日号〕

生を螺旋《らせん》形に変えよ！――団地通信13

――1986, 1

――遠方の友へ。

君はあっさり重役の職を捨て、フランスへたった一人で往ってしまった。ディジョンで学生になるのだとか言っていたな。しかし、君には、立派な家庭――いい奥さん、成人した子供達、孫、湘南の家、があるではないか。それなのに、そろそろ死と対話を始めなければならぬ年齢に至って、なぜ、それを捨てて、たった一人異国へ往かなければならないのか？

お前とおれとは、三十数年前に一瞬擦れ違い、生の方法において対立した。お前はデカルトをラテン語で読んだ。おれはそこらの翻訳本で間に合わせた。お前は、考えるのなら太陽のような存在について考えろと言った。おれは違う、視法を変えれば足許の石ころが太陽のように輝かしくなるはずだと言った。お前は、必ずフランスへ行くと言った。おれは反対した。住む処が何処であってもその足下が地球の中心に連続する、というのが絵本に学んだ真理であるから、おれは足許に穴を掘る、と。……お互いにその道を歩いて、お前は、何千キロの彼方へと往ってしまった。で、おれは掘ったのさ、子供用のシャベルで。いま三メートル七十五センチ。だが、この穴は、おれと家内を埋めて、なお余りがある。

私は聴きたかった。君がなぜ一人でフランスへ往くのかを。現代生活としてのこの日本には、君の足を繋ぎ止めるものはなかったのか。君こそ、三十数年よく働いて、自分の手で今日の日本の一億分の一くらいを確実に建設したその一人ではないのか（私はサボって見ていた残り二千万人の一人に属するが）。どうしたのだ？　君は、自分の意思で日本から離れ孤独になりに往ったのか。それとも、自分の手が万分の一を造った日本から、出て行け、と背後から追い立てられたのか。

——遠方の友へ。

君と同じように、私もいま危険を感じている。しかし困ったことに、いったい何が危険なのか、その姿が明らかではない。危険は私の背後に在る。私の足許に在る。だから私の眼には危険が見えない。変な話だが、母子が公園で遊んでいる平和な光景を見るとする。

すると、その光景が、危険の感覚で私を襲う。馬鹿な、と頭を振ってみる。しかし、私の病者の本能は、その平和な光景を私が見ているというこの状態の全体の中に、その何処かに、見えない危険が隠れて存在しているのだ、というような感覚を判然と得るのだ。そのまま家へ戻ってくると、こんな声が頭の内部で鋭く聞こえる――

「そうか、じゃ、自分のこれまでを引っ繰り返してしまえ」

「全部叩き潰してしまえ」

そんな夜には夢を見て、みっともない話だが、お母さん救けて下さい、とか私は言っているらしい。

　確かなものは何もない、というような時代が確かに（この滑稽な話法）やってきたらしい。むろん、この、確かなものは何もないという文句は、敗戦数年後から、しきりに言われ続けている文学用語であり、知識人用語だ。

だが、その言葉は、それから時間をかけてゆっくりとわれわれの内部に滲透し、われわれの生活の地下に根を張り、いま、日常の中で花開いたのだ、という気がする。

　いや、気障《きざ》な話は止そう。私は、今日の日常の空気を包む時代の性質について、それをどう言ったらいいのか、当惑しているのだ。自己矛盾の時代、自己否定の時代、あるいは思いきって弁証法的（！）な時代――敗戦直後の旧制中学三、四年の頃、お互いに、この弁証法的な思考という言葉の難解さに困惑したものだが、ただその「難解」と「困惑」との意味だけでそう表現したのだが——つまり、いいものが、そのまわるいものへ、わるいことが、そのまいいことへ、連続し、移行し、転化する、という厄介で複雑な時代だという意味なのだが。

思えば、敗戦直後の焼跡闇市の時代は楽だった。幸福だった。ひたすら私の生の直線上を走ればよかったから。しかし、いま私は、自分の生を螺旋形に変えなければならない、と感じている。

一つ例を挙げよう。前回、いまは「スキャンダルと犯罪の繁栄」する世の中だ、と言ったが、それは今回も続いている。いや、もっと根を張り、枝葉が繁り出した。当然、生る果実が熟し、甘い香が漂うようになった。

やはり、犯罪こそ時代の鏡なのだ。そして先駆なのだ。社会の成熟の一歩前に、犯罪こそ成熟したのである。

去年いちばん面白かったのは、豊田商事事件という犯罪である。簡単に言えばそれは、在りもしない金塊を餌に預り証（紙切れ）を渡し日本中の老人・女性から何百億円もの金銭を巻き上げた、という犯罪である。

しかし、実は私は（私の知人のお父さんも引っ掛かったから、明らさまには言いにくいが）、この豊田商事の会長さんには、感嘆したのだ。

——彼は、今日における日本の生活の弱点を実によく見抜いていた、と。標的を老人・女性に定め、まるで蝶を標本箱に虫ピンで留めるように、老人・女性をピンで貫いた。彼は、日本の老人達が、戦後四十年の蓄積でお金を持っていることを知っていた。だが、老人達は（実際に聞いたわけではないが、たぶん）家にはお金がないのだというのが常である（言葉の作為）。

そして、老人達はそのお金を、たぶん子供達の家を建てるためになら使ってやるが、子供が前途未知の無謀な仕事を始めようとするときには決して貸さないものであると（親子関係）。

彼は、そこを引っ繰り返した。

老人達のお金は、単なる金銭ではない。生の蓄積である。金銭の形の自分である。だからその自分をもう一度活かしてみたい。したがって、証券——社会の形——で誘惑すれば、そのお金は必ず出てくる（言葉の作為への洞察）。

老人達は、自分をもう一度活かすために、やはり若い世代と同調したいという気分を浅ましく持っている。したがって、息子には反撥しても、社会的な一般形式としての若い世代の新規の事業には同調したいと思っている。だから、一般形式にすればそのお金は引き出せる（親子関係への洞察）。

私は、豊田商事の会長さんのそんな直感とか発想は、たぶん、彼の実際の親子関係の中から出発したものではないか、と思う。おそらくその背景には、昔の自然主義文学の描く光景が拡がっていたはずである。彼はそこに、引っ繰り返して逆転する、今日的な一つの新しい照明を与えたのだ。彼は勝ったのだ。

――もしそうなら、この豊田商事事件は、去年一年における、もっとも鋭い文学的行為であった。私はそう思う。彼は、いつか自爆すると思っていたろう。

――遠方の友へ。

もう一つの面白い例を報告しようか。それは、去年の一ヶ月の間に、私の家内が丸々一千万円の損をした、という話だ。

間違うな。私は事業家ではない。だから、この一千万円には、（豊田商事事件の老人達と同じく）営々二十年の私の塩辛い汗が染みているはずである。それが僅か一と月で無くなってしまった。空無と帰した。

私の家内の相手は、豊田商事ではなかった（その方がよかった）、日本一の証券会社・

巨大なA証券である。

簡単に言ってしまえば、私の家内は、支店の或る課長さんに勧められて、去年十月、「先物」国債、というのを買ったのである。十一月、それは零になった。

その報告を聞いたとき、まず私を襲ったのは、笑いだった。してやられたな！　と笑った。私は苦笑した。以前江藤淳氏が、私のことを極楽トンボと呼んだが、あれは当っていたな、と。

私の家内は、「先物」という言葉に、何の注意も払わなかった。損をした後での証言だが、A証券のその課長さんは、家内にはその「先物」国債の意味を説明しなかった、と言ったという（だから、いい人なのかもしれない）。

ただちに思ったのは、私の失敗である。私は家内に、もし証券会社にお金を預けるなら、「国債」にしろ、と言っておいた。これは小官吏で死んだ親父の家訓である（敗戦ですべて紙切れと化したが）。ところが、そのとき家内が求めた国債は、もっとも馬鹿げた条件のものだったらしい。それからしばらくしての数年間、私はA証券の電話に悩まされることになる。「こんな損な品をお客さんに持たせていては、当社の商法の恥になる」といった意味のものだ。

だが私は、その声を黙殺した。私の手と足の労働が私の家庭を支えているので、預けた

（私の石ころより下位の）金銭によって「儲ける」気は、まるでないのだ、と。電話の問答は四、五年繰り返された。やがて、彼等は電話を、家内の仕事場へと向けるようになったが、私は家内に、私の軍律を申し渡していた――「手の汗で染みたインクの汚点のある金銭以外に、儲けるな」と。

　ところが、家内は、四、五年も、A証券という金融に関する専門的知識集団の声を聞いているうちに、（たぶん）こう思ったのだ。どうせ同じ国債なら、不利な条件より、有利な条件の方がいい。有利さを説く、専門的知識集団の声（社会の声）に、素直に従った方がいい、と。

　四、五年の時間をかければ、赤子の手をひねるようなものだった、と言っていい。国債を買い換えよ、「先物」国債にせよ、それが今日における有利な条件である、と（家内の耳には「長期」国債とか、「利付」国債というのと同じに聞こえた）。

　　――遠方の友へ。

　なぜ、こんな小さな一つの私事について蜿蜒《えんえん》と語ったのかというと、ねえ君、豊田商事のやり口と、このA証券のやり口とは、まったくそっくりじゃないか。他方は（言葉の作為によって）老人の手をひねり、他方は女性の手をひねっただけさ。

――ここで、私は自分の生の五十五年目に当って初めて社会的な発言を一つしてみたい。

なぜ、（言葉の作為は同一なのに）豊田商事のそれは、犯罪になり、巨大会社のA証券のそれは、犯罪にならないのか。

いや、いま私は誇張による嘘を言った。ごく簡単な話だ。A証券の場合は、それに関係する大衆の、半分の人は損をするが、半分の人は得をするからだろう。半分が得をすれば、いくら犯罪的手法を用いても、人間より会社を助けるこの社会では、犯罪にならない。

――もう一つ言っておきたい。それは、グリコ・森永事件という犯罪の意味についてである。

あの犯行者は絶えず、一つのメッセージを、われわれの許へと送っていた。不敏な私は最初そのことが分らなかった。あの犯行は、女性・子供・友達を含めた、一つの家族的グループのものであるらしい（そんなイメージを提出した）。

すると、こうなる。私の家族は、A証券という巨大な会社に、してやられてしまったが、あそこの家族は、家族という単位において起《た》ち上がり、逆に、会社という巨大な社会的単位を、からかうことができた、ということになる。これも、こんどは逆に、時代的な日本の社会の弱点を見抜いて貫くピンであった、ともいえる。
ねえ君、どうすればいい？　人間としてどちらに与すべきか。私には何一つ分らない。
起ち上がるのか、それとも、笑いの中にいるべきか……。

〔「週刊読書人」一九八六年一月二七日号〕

カード化された言葉の時代——団地通信14

——1987, 1

ある種類の言葉は、一つの微量の毒のようなものである。少量ずつ服用するとき、それはピリッとした利き目を顕わす。昔のスパルタの使者や、われわれの寡黙な武士などは、そのことを良く知っていたらしい。昔の武士は、言葉を慎め、と到る処で言っていた。スパルタでは、外国人の言葉を使うのを嫌った——「新しい言葉は新しい考え方をもたらす」。プルターク英雄伝の言うところでは、あのソクラテスの罪状の一つは、以前とは違った風変わりな物の言い方をしたことだ、となっている。これらの例は、言葉が本当に力強く生きている状態、劇薬状態だった時代があったことを示している。

これに対比すると、いまわれわれの戴いている首相は、彼の政府のグループの一員からも、この「おしゃべり野郎」とか言われたという。面白いエピソードだ。もし本当なら、これこそ、現在の我等の時代を象徴するものだ。すなわち、ザルで水を掬《すく》っても足りるほどに、言葉があり余っているのであり、それをどう使ってもいいのだ、という時代。

数年前、高畠通敏が彼の論壇時評の最後で、この中曽根政権の在り方を、よく注視しているがいい、この政府の在り方は深く、過渡する一時期の一国の文化状態に相対しているはずだ、そこを軽視してはならない、という意味の警告を発していた。この警鐘のおかげで、いつも何もしないことはいいことだ、と思っている怠惰な私の頭にも、初めて一つの単語が侵入してきた。政府という言葉が。

そのとき私は漠然と思った。では、この政府こそが、いわゆる戦後民主主義といわれたものの醜い部分を曝《さら》け出すのだ、と（この醜いという言葉は雑な形容詞である。大した意味のものではない。私だって自分の醜い部分は持っているし、あなただって同じだろう）。この政府はそういう期待を裏切らなかった。それは皆が望んだことだろう。

「あ、これは困った。これからは大変なことになりますよ」

去年の最大の話題、自民党圧勝の数日後、あるカルチャーセンターの教室で、たぶん柳家小さんの描く、年は十歳ばかり上のもっとも純粋な日本人、もっとも温厚な下町の紳士が、私にそう言った。

──でも、あなたは自民党に入れたのでしょう（と私が言う）。

──そうですよ、だから、困っている、これからはひどいことになりますよ。

私は、「分りますよ」とだけ言った。この下町紳士の直覚には、あまりに多くのことが意味されていて、それは言葉にならない。

私は一瞬、この政府を憎んだ。なぜなら、この政府は──自分が一票を入れた政府がやがて自分の首を絞めることになるかもしれない、という疑惑を抱いている下町紳士の心理をコンピュータで計算して、政府へと票を導入したからである。巧妙に心理を操作して。

人の心理をそんなふうに操ってはいけない、と私は思う。人の心理を操るためには、言葉をカード化しなければならない（なんだ、古い占星術の手法じゃないか）。カードを大量に並べて、中曽根というディーラーは大儲けをした。

やれやれ、やっとここで日本の教養の出番ということになる。それはアメリカ大統領の友である彼も知っていることだ。平家物語はいう、「おごれる者は久しからず」。俳句好きの彼はどう思っているのだろう？　政府が操作するのは人の心理だが、文学が向き合うのは人の心である、ということを。そして現在の日常語で区別してみるのだが、人の心理と人の心とは同一ではない、ということを。

もう一度いう。あの下町紳士の直覚していたものこそ──自分が思う心と、操作される心理との間に開けた、もの凄い距離である。この距離を長くし、いっそう長くし、その蜿蜒たる空間にレールを敷くものこそ、カード化された言葉である。

政府の人よ、あなたはいま笑っている。二重に笑っている。なぜなら、あなたに対立する党も、同じくカード化された言葉を使っているからだ。社会党の委員長はいま女性である。そしてこの「女性」という言葉こそがカード化された言葉なのだ。

いや、私も笑わせてもらいたい。この社会党も面白い党だった。戦後一貫して、小学校の教科書にあるような言葉しか使ってこなかった。清く正しく生きよというような。つまりそれは――言葉という怪物を舐めてきたということになる。因果応報とはこのことだ。だって、社会党は、何一つ――たとえば「性的文化」というものすら創らなかったではないか。どういうことなのか？　この党の視点からすれば、金銭と性とが、社会の二大構造であるはずなのに。

たとえば、一つの性的文化を創ったのはむしろ自民党である。ポルノ解禁を締めつ緩めつ、二年前「三浦和義」というカードが、最大の話題になるところまで持っていった。その基底にあるものは、「不倫」を今日の社会的現実の流行に導きながら、「恋愛」ではなく不倫という言葉を流行させることによって、反対にこれを否定する発条を強くする、といった操作である――これこそ、弁証法的思考というものだ。このまま進むなら、やがて政府の彼等は、新しい教育勅語のようなものを作り出すだろう。たぶん、文体という文学の怖ろしい眼を忘れて。

政府に対立するこの党は、私の偏見かもしれぬが、かつて単なる一俳優ジャン・ギャバンがばら撒いた、毎日を確かに生きている一人の人間のイメージ、また、そのイメージがもやもやと周囲に寄せ集めて形成するところの、一つの政府とは異なった文化のイメージを、何一つ創造してこなかった、と思う。

この党は、言葉の一面的な使用のために、戦後をリードすべき一つの文化の創造において負けたのだ、と私は思う。本当はこの党は、自民党が不倫という言葉を流行させるなら、もっと別の言葉を与えて、異なった流行を創り出すべきだったのに。

先の下町紳士が直覚した不安は、これからは、自分が損をするだろう社会の階層として、（これまでは人並みというか平均値だったが）これからは下位に落ちていくだろう、という不安である。

その分水嶺を、いまの政府が、営々と三百六十五日をかけて作っているのだ、と私は感ずる。五割の人が得をすれば五割の人が損をする、というのが社会の基本的算術であろうが、なぜだか知らぬが（私は自分の無知を呪う）、社会の現実の動きはそうではない。まず四割五分の人が得をするように、そして四割の人が得をするように、やがて三割、二割の人が得をするように、と動く。

いまのわれわれの政府が税制改革などによって露骨に表明したのは、これからは四割三割二割の人が得をしていくのですよ、というボタンを、判然と押したことだ、と政治に阿呆な私は感ずる。これからは、社会的弱者が多くなって行くだろう（そして、私もその一員である）。

いや実は、こんな指標は、すでに大量の屑である昨日の新聞記事が述べていることだ。

実は、私はもっと違ったことが言いたいのだ。つまり、以上の不安は、金銭社会あるいは「金銭文化」に基づくものだが、現在進行している現実は、そんな単純な正体のものではない、ということだ。

私は自分の無知を呪う。あの性的文化とこの金銭文化とは、根柢においては一つのものであって、どこかで連動しているはずなのだ。私は無知なために、この捩じくれた導管、一つの方程式状のものを、分析することができない。

私は去年――「女性作家の全盛と、土地の高値段とは、流行として一致する」ということを感じた。つまりそれは、性的文化と金銭文化とが、十字路で交差したということだ。

ここ一年の徴表は、「女性」ということと、「子供」ということろに、あるのではないかと私は感覚する。

多くの主婦達が、家庭の食事を、亭主という大人にではなく、子供を主軸に作っているそうである。本当にそうなら、面白い時代になったものだ。なぜならそれは、われわれが、文化のなかでもっとも熟しの要る領域、食べることの文化について、まだ味の深さについては何一つ知らぬガキ、もっとも未開な人間のところに、座標軸を定めたことになるからである。

到る処で、そんな現象が進行し、かつ増幅されていると感ずる。「女性」もそんなところだ。男性文化を訂正するために女性文化を伸長しなければならぬ、といっている。政治社会では、それでいいのだろう。しかし、文学社会はそうはいかない。そこの「女性」の自己顕示と、昔の「女」の知恵とは、別物だからである。

十六世紀の日本を、当時の西欧と比較したルイス・フロイスの「日本覚書」の文句を思い出してもらおう――「ヨーロッパでは、夫が前方を、そして妻が後方を歩む。日本では、夫が後方を、そして妻が前方を行く」。いやはや、私は何が何だか分らなくなっている。つまり、わけの分らぬ時代がやってきたのだ。だからつまり、一握りのグループの差す指にとまって、われわれ雀が合唱しようという過渡期の時代なのだ。

これらの現象の――元凶は、言葉である。今日ほど、「私の幸福」という言葉の下に、事実としての「私の不幸」が招き入れられていることはない。

私はもう一度ゆっくりと、プルターク英雄伝の言葉を想起する――国家動揺の際には（わけの分らなくなった時代には）、ひどい人間が尊敬される、と。

〔「週刊読書人」一九八七年一月二六日号〕

Ⅱ

兄の死

兄貴が死んだ。

私は頭脳のノートにたった一行そう記した。そして、それっきりだ。

青年期に私は、ノートを書く癖があった。いや偏執した。数年間私はノートを書くことで生きていた。そのためには、「食欲も性欲も在って無きが如き」ものであった。詩人の言葉を借りれば、そのためには、日常なぞ在っても無くてもよく、生活なぞ出来なくても構わず、まして社会に何が生じようと私の知ったことではなかった。自分の部屋にいるとき、私は仮死の状態で生きている、と思った。道を歩いているとき、ご覧よ亡霊が歩いている、と私は自分に言った。

なぜだろうか。そのとき、たぶん私は、ノートのように生きたい、あるいは、ノートを書くように生きたい、と思ったのだ。ノートの白紙が私を誘う。その白紙は、人が人間の隊列から離れて、一人の私として生きようとすることと、同義のものではあるまいか。なぜなら、一人の私として生きようと目覚めたとき、私は、自分が、なぜ現にここに生存し、そして、ここで現実に何をどうして生きようとするのか、ということについて、まったく無知であり、すべてについて疑問だらけであることを、同時に見出したから。これは白紙状態である。

以後、私の生は暗室（換言すれば白紙）と化し、生の感受性は乾板状のものとなった。つまり、自分の疑問の琴線に触れる現実の一条の痕を、スナップ写真にする。頭脳のノートの一行として記す。やがて或るものは消し、或るものは残す。残ったものを、必要があれば現像する。それは私の意思であり、これが現実にノートに書くという行為になる。したがってそこには、いかにも切れ切れに、いかにも不様にだが、私の意思が支える私の生の形というものが出現してくるだろう、私はそれを見たい、と思った。

最初は、自分には社会的生活は不可能だから二十五歳くらいしか生きられぬと考えて性急に始めたが、その後変節があって（人は、自分を捨てて、或る任意の誰かのために、笑いながら薪のように生きることも可能だと考え――むろん、生きたいという欲望ばかりが先行する、弱者の心の詐欺には違いないが）ノートはだらだらと続いた。

むろん、その間に、祖母が死に、父が死ぬ、というようなことがあった。祖母は私の腕の中で「暗い、恐い」と言って息を引き取った。私は人の死に触れた。そして、死の成就を見届けると、私は、「じゃ、あとは任せるよ」と義母に言い、そのまま会社へ出掛け、退屈な会社の一日がそうであるように何気なく仕事をし、帰途仲間と愉快に談笑しながら少し酒を飲み、何気なく家に戻った。仲間は、私の祖母の死など知らぬであろう。それがいい、と私は思った。頭脳のノートに一行記すとは正確にそういう行為である、と。私はたぶん、『異邦人』のムルソーの「ママンが、死んだ」を思い出し、あれは結構自然な態度だったな、と思うとともに、なんだ！　お前は大袈裟過ぎるよ、結局は文化人根性に過ぎないじゃないか、と軽く嘲笑を感じていた。

父が死んだとき、私はいわゆる文芸時評家の卵になりかかったところで、ちょうど死んだばかりの高橋和巳の解説を書いているところだった。「ああ、そうかい」と言って電話を切ると、私は父の死を頭脳のノートの一行として記し、それから何事もなかったように解説を書き、そしてそれから実家に行った。私はなにかおかしな人間だろうか？

私は、これらの死を、頭脳のノートの一行としては記したが、結局、現実の私のノートの一行としては記さなかった。なぜなら、これらの死は、一人の私として生きようとする私の生の、疑問の急所を搏《う》つものでもなければ、探究の手掛りとなるものでもなかったからである。

では、こんどの兄貴の死はどうか。同じく、私は頭脳のノートには記したが、これを、私のノートに書くということはない。しかし、どうなのだろう？　私はいま何か特殊な感受性を誇張して言っているのだろうか。いや、そんなことはない。私は長年心掛けて、もっとも普通の人間のもっとも正常な感受性を、獲得しようと努めてきた。親族の死への私の感受性は、昔の日本人ならそこらの至る処に散らばっているものであろうし、また、現代的人間としての日本人も、もう一度戦争がくればやはり私と軌を一にしているであろう、と私は思っているのだが。

――が、私はいま、兄貴の死について何かを語ろうとしている。なぜだろうか。

一つの理由は、だから頭脳のスナップ写真について語りたいと思ったからだ。中にいくつか、おやおや、いまの世の中はこんなふうになっているのか、と、私をして感心させるものがあった（実際私は感心した）。

二つには、私が歳をとったからである。歳をとるにつれて、私は、これまでの自分の生は一つの過誤に過ぎなかったのではないか、と思うようになっていった。むろん、もう取り返しはつかないから、このまま進むつもりだが、この数年、もしかすると私は、ノートを書く行為によってではなく、その余の部分によって実際には生きてきたのではないか、という疑いが日に強くなっている。

三つ目の理由は、これまで私はいつも、人生においては滑稽という席に着くことを好み、それは隠れて行なってきたつもりだが、今度ばかりはそれを表で演じなければならず（親族代表だったから）、その滑稽の生の音調が、いまさらに耳に懐しかったからである。

兄が入院して手術をした、という話が伝えられたのは去年の暮である。突然のことだった。それまでの二十数年間、お互いに住居は近くにありながら、電話をかけたり、会う、ということはしなかった。

正月早々、ふと、そうか、見舞いということをしなければならないなと思い、何も持っていく物がないので（私はこれまで、誰かに何かを差しあげる、という行為をほとんどしたことがない）、数日前に求めた初詣での破魔矢を持って妻と行った。

ベッドの上に小さくなった兄がいた。一目見て、ああこれはもう駄目だと思った。私は癌で死んだ鈴木武樹を死の一月前に見舞ったことがあるが、その様子に、あまりにも酷似していたからである。尋常の痩せ方ではない。

何も言うことがない。私は、挨拶とそれに類する行為の出来ない人間で（なぜ、人はそんなことをするのだろう？）、だから見舞いも嫌いだが、ここで言う言葉がないのは、それとは違う意味のものらしかった。二年前、私の若い友人が髄膜炎で半身不随になって病院にいるとき、私は見舞うことはしなかったが、彼が真剣に蒼ざめているというので、おい、ウイスキーとポルノ雑誌を持って行ってやれ、と、もう一人の若者に要請したことがあり（若者は非難の眼をした、ここらが私の滑稽だろうが）、ともかくそれは一つのコミュニケーションである。ところが親族には、この滑稽が、出しにくい。だから何も言うことがない。

どうしたの？　と聞くと、胃潰瘍の手術をしたと言って、傷口を見せた。

「やられたなあ。やはり、お酒のせいかな」

と私は言ってみた。彼は酒呑みだったからである。すると、彼は、微かに嗤って、

「ストレスだよ」

と言って、長いこと、穴のあくほど私の顔を見ていた。解っている、と私は思った。彼は私へと何かを伝えようとしていたのだ。私の兄弟が、滑稽の音調を忘れて生きられるわけがない。たぶん彼は、子供が生れると、真面目に生きようとし始めたのだ。真面目に生きようとすれば、ストレスばかりがあるだろう。

私は少し辛くなったので、煙草を喫《の》みにいくよ、と言って病院の入り口まで降り、そこで、あたしは先生が駄目だと言ってもこうして煙草を喫むほど気楽に生きているのだか

ら、という七十代の老婦人と長々と無駄話をしてから、もう一度戻った。しかし、やはり何も言うことはない。

「帰るよ」

と言って、私は兄の眼を見た。兄の眼も私を見ていた。四分か五分経った。それは静かだが異様な凝視だった。兄の眼の背後に、私の知らぬ、これまでの彼の生が凝縮されているような気がした。それが別れだった。私は視線で彼の息子と娘を示し、「何でも言ってくれ」と言った。彼は、私が一文無しで煙草が無くて困っているとき、そして義母が父親の煙草を喫まないようにと伝えているとき、煙草銭を呉れたことがあった。そのお返しはしなければならない。しかし、兄の眼は、何も語ろうとはしていなかった。病室から病院の入り口へと歩く間にもう、ベッドの上の兄の姿は、私が子供の頃読んだ絵本の中の、童話的な懐しい兄さんのイメージへと、化していた。

それから半年弱経ったとき、不意に、兄の妻つまり義姉が、子供を連れて団地の私の部屋へと訪ねてきた。これは一種の椿事だった。なぜならこの二十数年間に、私の親族が私の部屋を訪れたのは、私がスポーツ新聞社を追われるようにして辞めたとき、「文学に耽って会社を辞めるなどとは、不肖の息子で申し訳ない」と、私の留守に家内の許へ謝りにきた親父と、「結婚するよ」と言いにきた義母の娘つまり義妹との、二度だけだったからである。

一度退院した兄が、瘦せに瘦せて再度入院したので、心細くなったから、というのが義姉の話だった。そこで、義姉は急に厳しい顔をして、大学卒業の息子と短大卒業の娘、つまり成人した二人の子供に向って、――いま初めて打ち明けるのだが、と言った、「(兄は)もう危ういのかもしれない」。すると、子供達はおそろしく真剣な表情になって、涙をこぼした。

おやおやと思ったことの、一つはそこだ。成人した彼等が、なぜ兄の姿を見て一目で事態を直感しないのだろう、なぜいま改めて泣くのか。そういうことは敗戦時の少年であった私には考えられない。事柄の全体が分らない。ことによったら、この二十年前くらいからの平和な日常は、私とは別種のタイプの人間像を生産しているのだろうか?

なるほどと思ったのは、義姉がか弱い心で重大事に直面しながら、決して「癌」という言葉を口にしなかったことだ。極端にあいまいな表現で、内容を何も指差さずに、兄が危ういことを告げていた。なるほど、これが日本の話法であり、日本人の心性である。こちらの方は私にもよく分る。きっとそのとき義姉は、医者から癌という言葉を判然と聞き動揺するままに私の処へ来たのだが、この癌という言葉を、まったく抑圧しようと決心していたのだ。

こういうものが、か弱い心の詭計《きけい》、すなわち心の芸術である。私は以前、こういう心の詭計を、詐欺だと考えて許さなかったが、いまは、ことによったらそれが人間の美しさなのか、と思うように変った。つまり、私は歳をとった。

その証明がある。私は数時間兄がゆっくり死んでいくところを見守っていたが、実はもうそのとき、兄はずっと前からほとんど死んでいた。つまり五、六日前から、何の意思も示さぬ植物状態だった。ところが義姉は、死ぬ二時間前にも、もうじき回診があるから、そのとき兄が自分でどこが苦しいかを言えるようにと、吸呑みで口に水をやるのである（危険な行為でもある）。これにはさすがに息子達もいぶかしげな顔をしたが、私はただ黙っていた。私にはよく分ることがあった。私はたちまち思い合わせていた。あの精神の光の何一つ射さぬままに植物状態にいる障害児を、十数年にわたって抱いて生きている、若い友人の母親のことを。むろん、ベッドの上の兄は、もうほとんど人間的には生きていず、一つの存在へと還ったようなものだったが、この「人間的」という言葉には、もっと深いものがあった。それはまた、生の深さのことでもあった。兄はほとんど死んでいたが、しかし、吸呑みを口に当てる義姉の手の中に、確かに生きていた。

こういう行為を見ると、私には沈黙しかない。なぜなら、一人の私を生きようとする生と、それとは、正反対だからである。どちらが、どこまで深く往けるのか？　いやこの問いは空しい。最初から私の負けなのだ。この畏敬すべき生の深さというか、触れた手を伝って微妙に連続しかつ移行する生の豊富さに対して、私はまったく微小な犯罪者の位置を持つ者に過ぎない。だからつまり、私の生が一つの過誤になってくるのだ――むろん、私一人は見えない手を挙げて、沈黙の裡《うち》に異議申告をしているつもりだが。

兄が死んだときは、ちょうど校長先生はじめ中学の先生が七、八名見舞いに来て下さったときだった。

――ここから私の滑稽が始まる。

なにしろ私は、この兄が（亡母の血を分けたただ一人の兄弟であるが）、中学の教師をしていると聞いてはいたが、この二十数年間、それが何処の中学であるかを知らない。また、住居は近くのはずだが、彼の家が何処にあるかを知らない。あわてて付け加えるが、兄と私との間に、いかなる対立いかなる憎悪があるわけでもなかった。ただごく自然に（何度でも繰り返す、ただごく自然に）、家族がばらばらになっていったのである。私はその原因は、やはり敗戦という発条と、戦後を流れた何か現代的なテムポとでもいうべきもの、社会の構造とか日常の空気の変化というようなことにあるのだ、と思う。だから、むろん私は、義母と義妹の住む家が何処にあるのかも知らない。敗戦のような混乱時には、それを乗り超える力ある家族（一族）と、乗り超えられぬ無力な家族とに分れるのであろう。戦後十年くらいで私の頭で鳴ったのは、これは果敢《はか》ない家族だった、運命のように私のところで終焉を迎えている、というような声だった。私の誇張だろうか。しかし、父や義母や兄も、ごく自然にそんなことを感覚したから、われわれは静かにばらばらになっていったのではないか。

兄が死ぬと、義姉が、校長の厚誼を謝すようにお礼を言っているので、急に「弟」という位置に思い当って、残された息子達をどうぞよろしく、と校長先生にお願いした。すると校長先生は、ちょうど死の瞬間に立ち会われたためか、葬式の次第はこちらで手配すると言われ、二十人以上の先生方の御厚意によって、実に結構盛大な通夜と葬式を営んでくださった。

そこに参列した一人の従兄はこんな感想を洩らした。

「こんなに先生方が厚意を尽してくれるのは、兄さんを、きっと孤児のように感じていたからに違いない」

なるほど、それに違いない、と私は言った。先生方の一人は、長年同僚として兄と暮らしてきたが、「かつて一度も、弟さんがいるとは聞いたことがない」と話されたから。

　まだある。兄が死んで私が動き出すと、看護婦さん達は一様に疑わしそうな顔をした。「続柄」は？　と問う。「弟」ですよ。すると、奇異の表情を浮べ、非難の眼差しをする。というのも、義姉が、完全看護というような社会的単語に異常に素直になって、兄が意思喪失状態になっても寝泊りしなかったとき、病院側は万一の場合の連絡場所をもう一つ教えよ、と訊くのに、自分の家の電話しか告げなかったからである。それに義姉は、兄の入院を私一人に告げ、このことは誰にも黙っていてくれと言った（こんどは私がそういう言葉に異常に素直になるから）。したがって、親族の誰一人として見舞いにくるわけがない。――つまり、病院も、兄のことを、ほとんど孤児のように感じていたと思う。そこへ突然に「弟」が出現した。なるほど、これほど疑惑すべき存在はない。

　兄の死体の行手を問われ、私が、兄つまり義姉の家の在り処を知らないことが分ると、看護婦さんの疑惑は頂点に達し、兄の棺を一夜霊安室に置いてくれ、と私が頼むと、彼等は嫌悪の表情を見せ、それは会議を開かなければ許可できない、などと言う。

　これは面白い光景だった。そして、ここから、私の耳に慣れた滑稽の音調が始まる。兄の死、通夜、葬式を通じて、不意に現われた見知らぬ弟が親族代表となるすべてちぐはぐの、滑稽な役割を私は演じつづけた（なぜ義姉が、兄の棺が自分の家に戻ることを拒んだのか。理由を想像することを私は自分に禁止した。こういうことが心の芸術なのであり、すべて、人の心はそっとして置きたい。いわばそれが兄の遺志であろう)。

兄の無言(親族に対する)もまた徹底したものだった。彼の息子達は、私の妻がなぜ早くから兄を見知っているのか、理解できないらしかった。私の妻は、まだ私と兄とが実家にいるそのときに遊びにきた。その光景が一枚欠落しているから、不可解になるらしい。

私が呆気にとられたのは、息子達が、義母のことを、兄と私とを生んだ実の母、と思い込んでいたことだ。それほど兄の沈黙は徹底していたが、しかし、この子供達の頭脳にある親族とはどんな形のものだろう? もっとも、私にしても、葬儀場で親族を順に並べるとき、義母の存在をころりと忘れていたが(おやおやの一例)。

いちばん驚いたのは、通夜の席にも六百名以上、葬式の席にも六百名以上の、中学生あるいは高校生諸子の列席のあったことだ。戦前からの我が家の歴史で、もっとも盛大な葬儀であり、親族代表として感謝の他はないが——しかし、この光景は弟としての私には信じがたい。私の兄は、もっとも平凡かつ凡庸な中学教師のはずである。そんなところへなぜ若者が集まるのか。

私はその疑問を口にした。すると世慣れた人が、それは先生方の強制か要請に依るものであろう、と言った。——意味は分る。しかし、本当だろうか? 先生が要請すれば、金曜の夜や土曜の午后に、こんなに若者が集まるのだろうか。なぜ遊びに行かないのか。もし本当なら、子供のいない私は、学校のいじめや非行少年を描く新聞記事を読むとき、これまでどうしても分らない部分があったが、そこを衝く、欠けたカードの一枚がいま明らかになった、という気もする（なるほどの一例）。

だが、これは、私には不気味な光景だった。なるほど私は、戦前の小学生のとき、南京陥落の提燈行列に動員されたことはあるが、中学生になれば、もうそんなことはしない。では、弔辞まで捧げてくれた（泣いてくれる人達がいた）この若者達は、この平和というおかしな日常の中で、いったい何をどう生きようと思っている集団なのか？

実は私は、兄の死をめぐって発する若干のこれらの現代的主題（？）について、書くことを約束した。が結果は、約束を裏切ることになった。やはり、死は純粋なものだ。私は頭脳を二分し、兄の死の現実だけを書くことにした。主題とは――以上の滑稽の背後には、私の続けている一つの戦いがあるからだ。

私は実は、家を持つな（土地を買うな、持ち家を持つな）、子供を生むな、そして惨めに生きよ、ということを、一つの生の綱領としている。それは、ノートを書くように生きる、という、私の生から発する直截の掟でもあるが、また同時にそれは、敗戦時に味わった少年の、人間認識とか現実認識に依るものでもあるのだ。

私は今日、私の生の綱領が、まったく空しくなり、無意味になり、滑稽と堕していくのを見ている。しかし、だから、何が？　どうした？　と言うのか……。

〔「新潮」一九八五年九月号〕

夫婦と私

昨日、死んだ兄貴の息子の結婚式があった。私は行き掛かりで、式の立会い人の役を務めた。要するに仲人役で、指輪を渡したり、二人を紹介したりするあれである。なるほど、と私は思った。一家族の中で一人が死ねば、すぐ新しい家族の出発がある。生の移り変わりがあり、生の連続がある。やはり、私も、この生の流れの中にいるのだろうか。

しかし、この私に立会い人の役を振るなどとは、何か間違ったことだ。当然にも、二人の人物を紹介する段になると私は当惑した。私は何も知らないからである。二人がどこの大学を出たのか、そして、二人がどこの会社へ行っているのか。私は何も用意をしなかった。息子の方のことは、いつかどこかで一度くらい聞いていたかも知れぬが忘れてしまっていた。というのも、私は、心のどこかで深く、このような社会的場面を無用のものだと感じているかららしい。三十分前に渡された簡単極まるメモを、ただそのまま読んだが、片仮名だけの会社名はひどく読みにくくてまごついた。

二分もすれば読み終えてしまう。ふと顔を上げると、何か白けたものが私を打った。眼の端に、家内が変な顔で一所懸命に首を横に振っているのが見える。ああまたか、と思う。こういう瞬間があるから、私は社会的儀式を憎むのだ。これは滑稽の瞬間ですらない。何か一言でも付け加えなければ、何かがぷつりと切れてしまいそうだ。私は慌ててそれに続く言葉を捜す。滑稽はその後から生ずる。しかし、自分の結婚について何の言葉もなかった男に、他人の結婚について言うべき言葉なぞ何一つあるわけがないではないか。

私は思い出していた。私の友人の結婚の第一番目は、われわれの卒業直後のことであったが、そのときの困惑を。式の途中で、不意に友人が、友人代表としてお前も喋れよと言う。えっ？　と思わず立ち上がったが、何も言うことがない。いかなる言葉もない。なぜなら、かつて一秒も、結婚というような人生の場面について何かを考えたことが、なかったからである。ふと二、三年前に読んだ、キルケゴールの（実はソクラテスの）——お若い衆よ、君は結婚するというのか、それなら君は絶望するであろう、いや、結婚しないというのか、結婚しなくても君は絶望しているであろう、という言葉を思い浮べた（思い浮べるまでの三秒間は、長かった。真空に面接したらあんな気分のものか）。で、それを言い、感想を述べた。新婦の弟さんだったか、白い眼でこちらを見ていたのを覚えている。

二番目のときも、話を強要されて大いに困った。書くことを強制されたら僕は死ぬよ、とか言ったヴァレリーのことがちらりと脳裡をよぎった。が、私はか弱い者であり、友人が望んでいた。前の繰り返しはできない、何と言うべきか。切羽詰まって焦っていると薄らぼんやり昔の記憶の底から、アンドレイ・ボルコンスキーの（トルストイ『戦争と平和』）――ねえ、あなた、私はおしまいになってしまった人間ですよ、なぜなら結婚してしまった者だから、という言葉が思い浮んだ。で、それを言った。

私はふざけているわけではない。文学青年だから気取って、文学的な言葉を引用したわけではない。仕方がなく、困惑のあげくだ。本当に私には何も言うことがないのである。しかし、どうせ他人の言葉を引用するくらいなら、社会の場面に従っての社会の言葉――「お目出度う、どうかお倖せに」と、なぜ言えないのか、というのが家内の批判である。しかし、奇妙なことに、私はそれを言うことができない。これほど困難なことはない。言うのが厭だというのではない。信念ではない。ただ、なぜか、できない。理由を説明することもできない。ただ微かにこう感ずる。私の口唇がそれらの言葉を発すると、そこに嘘の裂け目が開く。それは人相手につく私の嘘ではなく、嘘そのものの現前であり、その穴の中に自分がすっぽり呑み込まれて、私が何か奇怪な存在へと捩じれてしまう、という懼《おそ》れが生ずる。いや、もっと簡単なことかもしれない。私は二十歳の頃、このお目出度うとか倖せにとかいう言葉を、遠くへ振り捨てて生きようと思ったことがあり、そのときもなお、振り捨て続けることによって生きていると感じていたからかもしれない。

いまこそあれらの友に詫びておこう。どうか私を赦して下さいと。私は不愉快な奴だった。後年、会社でも同じことが生じた。長い労働争議の末期、まず第一に敵である分裂主義者と闘おうなどと言うとき、出席者一同の視線が集まるように感じたので、私は思わず聞いてみた。その分裂主義者とは私のことかと。しかり、と責任者は明快に答えた。これまで数十回の集会を持ったが、あなたは何も発言しなかった。さらに、がんばろうという闘争歌をうたうとき、あなたは一度も口を開かなかった。あなたの前面に並ぶ数人の者が監視し、それは書記のこのノートに記録されている。われわれはあなたの白い歯を一度も見たことがない、と。なるほど、と私は思った。言っても私は不愉快な奴であるし、口を開かなくとも私は不愉快な奴である、と。私は改めて自分に驚き、会社を辞めようと思ったが、そのとき私はもう四十歳だった。

ここでもう一度最初の処に戻っていく。いったいなぜ、結婚というと、私には何も言う言葉がないのか。おかしい。私は結婚したではないか、そして、もう二十五年の余も夫婦でいるではないか。

夫婦とは何だろうか。いや、こんな問いは成立するのか。現に私は夫婦でいるのに。しかし、その結婚の最初から現在に至るまで、絶えず、夫婦とは何かと考え続けている。つまり、夫婦の中心を貫く最後の基礎となるもの、それが何なのか、いまに至るまで解らないのだ。私は時折言ってみる——「われわれの家庭は疑問という基礎の上に建てられている」。疑問は三ヶ月に一度くらいずつ新たに甦る。それは奇妙に鋭い針をいつも含んでいて、私を安心させない。経験などというものは無意味である。私は自分の生の方法によって、簡単な生活をしていると思い、単調な生の形を持続していると思うのだが、私の日常生活は小さくだが絶えず奇妙に混乱している。その混乱を鎮めるために私はかなりの精力を費やす。私は時に家内に冗談を言ってみる、この力を一点に集めれば、私のような者だって短いが満足のゆく一つの作品くらいは創れたのに。

いま結婚と言ったが、それでいいか。式を挙げ、そのことが親族・会社・友人によって是認される、という社会的場面を通過するのが結婚なら、私はそれはしていない。

男と女の同居生活の開始がある、それだけだ。私と家内との結びつきに、彼女の家族は反対だった。私の家族も反対だった。彼女の母は私の父のところへ、私が娘を「たぶらかす」と文句を言いにきた。両家の交錯点に立っておのずと族長と目される人物は、かねてから私のことを「サン＝シモンの徒」と言っていたそうだが、わたくし達の同居を「野合」であると称した。産業会社の役員で文学なぞにまるで無縁なその族長が、私の上にサン＝シモンの徒を思い描いた、というのは面白い。が、彼は間違っていた。サン＝シモンの弟子（オランド・ロドリーグ）はこう言っている。

あの時、諸君は私の意に反してサン＝シモンの名において、家族というものをその基礎においてまでくつがえすことを主張したのであった。（略。以下、私に関係ないが引用しておく）すなわち将来、子供は、まだギャーギャー泣いている時分に、父親の眼からと同様、解放された母親の眼からも引きはなされることになろう、しかもそれは諸君によれば、一切の出生の特権を、より確実に廃止するためである、と。

（傍点引用者、サン＝シモン『ジュネーヴ人の手紙』大塚幸男訳）

お断りしておく。私はサン＝シモンの徒ではない。私は、もっとも普通の人間のもっとも正常な感覚とは何か、と探している。もっとも普通平凡な人間の形を持ちたい、と願っている。したがって、私は反対側にいる。それに私は、サン＝シモンが、ヨーロッパ人はアベルの子孫であり、「アジアとアフリカとはカインの末裔がすんでいる」（同）としたのを、許さない。ヨーロッパ人のなんという傲慢か。

しかし、昭和二十年代も後半になると、会社人間の大人がすでに、私の上にサン゠シモンの徒を見ていた、というのは面白い。私は人目をひくいかなる特徴も持ってはいない人間である。それなのに、なぜだろうか。それはたぶん、私が戦争・敗戦期の少年であったからに違いない。むろん、私は、かつて一度も「家族の基礎をくつがえそう」などと思ったことはない。ただ、「家族の基礎とは何か」という問いを発しただけである。

その問いは、未だ完《おわ》ってはいない。私には解らぬものがある。ことによったら、私は、生きるために生活しているのではなく、この問いを持ち続けるために生活しているのかもしれない。生活のために夫婦でいるのではなく、問いを日に新たにするために夫婦でいるのかもしれない。

なぜ問いを発したのか。それは私が、空襲・疎開・父の社会的役柄の変化・義母の出現・親族の解体などによって、それまでの家庭が解体していくところを、ゆっくり見ていたからであろう。家族の絆の本当の正体とは何か、何が一番最後に残る確かなものなのか、人と人とを結び付けるもっとも単純にして原型的なものとは何か。これらの問いが、そのときの私には自然なものだった。

それから、ちょうどそのとき、私は猛烈に言葉を欲しているところだった。言葉は生の意味と共に在る。言葉がなければ生の新しい場面が切り拓けない。だが、ちょっと前に時代の変化があって、言葉が、戦争のそれから平和のそれへと切り替えられたときだった。こういう時には、どちらの言葉にも信を置けない。特に毎日無料で配達されてくるような社会の言葉は疑わしい。そこで私は、なるべく自分の手で確かめられる言葉だけで、自分の生に形を与えようとした。言葉は、なるべく単純で、私の眼から見て原型的なものがよかった。疑えぬもの、単純で確実なものが欲しかった。

だから、結婚というより、私はただ単純に、男と女の同居生活を開始した。

夫婦の絆とは何だろうか。愛だ、と言ってしまえば簡単だが、私はこの言葉が嫌いだ。嘘ではないかと思う。この言葉は一言で、異なった多くのものを覆い過ぎる。日常の現実性のなかで、愛とは、いかなる意味（心情）の、いかなる性質（行為）のものか。私はありありと直観したことがない。愛という言葉を剝いでしまえば、その下にある一つ一つの現実がもっと他の言葉を索めて震動しているところが見えるのではあるまいか。

それは夫婦の開始、結婚のときに明らかだ。私が家内に言ったのは、「じゃ、一緒に暮らそうか」である。何かもっと正確な言い方があるだろうか。夫婦とは、ただこの単調な言葉の上に立って二人でいることだ。

しかし、人は人を怖れるのが普通である。ことにわれわれは、結婚以前には、家庭内の親子兄弟といった人間関係にうんざりしているのが普通である。そこで一人になって外へ飛び出す。それならなぜ、すぐさまもう一人の人間を求めるのか。なぜ、一人でいないのか。いや、私は疑う。私はそれは、新しい一歩を踏み出すという行為のことだと思う。どんな一歩か。つまり、自己の意思によって新しい暮らしを創造しようとすることだ、と思う。夫婦になるとは、結局、その内容がどれほど奇妙なものであれ、一つの暮らしの創造者になるということであろう。（それなのになぜ、家庭が、保守的なもののシムボルと化すのか？）

　では、そのときなぜ、私の相手が特定の彼女になり、彼女の相手が特定の私になるのか。その原因に、（恋）愛があるというのか。いや、私は疑う。私は恋愛したことがある。しかしそれは、暮らしとは正反対の感情のものだった。

　ここで逆説的なことをいう。私と家内の場合は、暮らしということが、社会で生活することだとすれば、社会ということへの無知の度合い、生活ということへの無知の度合いが、ほぼ一致していたからである。生と生活との間にどれほどの無知の量があるか。こういうことはすぐ鋭敏に直覚される。無知と無知は握手し易い。なぜなら、新しい暮らしを前にして、お互いが卵の殻のように引き摺っている古い生活のスタイルの衝突が寡いからである。

私は、その少し前に、二十五歳以上生きるのは困難だと思い、自分はノートを書く人間で完るだろう、と思ったことがあるので、社会や生活のことなぞ知ったことかと思うゆえに、深く無知であった。しかも、改善しようという意欲もあまりなかった。無知で何が悪いか、というのが、私の生の奥底の声らしい。親族や友人の見付けてくれた就職も、一日か三日か一週間でみな辞めていたし、十五年弱いた会社でも、仕事に精通はしたかったが、地位は上がりたくなかった。あの当時、自分の出場処である両親の家の生活スタイルに反抗するためか、売れぬ三文絵描きになろうなどと夢みたいなことを追っていた家内も、また深く無知であり、この無知を改めようとはしなかった。暮らしにお金が大切なのは百も承知だが、私も家内も、お金の勘定は苦手である。私は現在も、学校からの月収の数字をいくら見直してもすぐ忘れてしまうし、家内もデザインの仕事で同様らしい。ずいぶん長い間、私の家では、お金は机の抽き出しに抛り込んでそれぞれが勝手に持ち出していた(用途は問わない)。だから、あっと思うと底が見え、別に困りもしないが、しばしば多くのものを断念した。

前に、私達夫婦の営む家庭は、疑問という基礎の上に建てられている、といったが、本当はそれより前に、「無知という基礎の上に建てられている」というべきだったかもしれない。

無知とは、いわば白紙である。私はその白紙の上に、できるだけ僅少の材料で、夫婦の像を描き、家庭の像を描いてみたかった。それはたぶん、単純化のヴェクトルに賭けて、人間の基本の形を摑みたい、生活の基本の形を摑みたい、という私の生の要求であろう。なぜなら、単純は確実さに近いから。

私は、家庭は、行軍の露営のようなものだと考えようとした。なぜなら、それは必要が強いる簡単な材料のみで生活を構成しているだろうから。

夫婦は、一人の人間ともう一人の人間のもっとも単純にして原型的な結び付きである、と考えようとした。見られるとおり、ここからは、男と女という観点が抜けて落ちてしまっている。しかし、単純化に性急な私は、そこを徹底しようとした。つまり、私はデッサンを始めたばかりだった。男だとか女だとかいうことは、無用のとはいわぬまでも余計な色彩に見えた。

私は若い頃、小林秀雄『ゴッホの手紙』の中で、次の言葉に出会い、心を打たれた（ロマン・ローラン『ミレー』からの引用）。

ダフニスよ、梨の木を接げ。汝の孫たち、その實を食ふべし。

こういうものが夫婦の絆だろう、と私は思った。子供ではなく、孫たちと言うのがいい。そこに永続性があり、一種の永遠がある。

しかし、困ったことには、私は子供を欲しない人間だった。なぜ、欲しないのか。自分から自分の子供へまたその孫へ、という生の永続性の感触を、まるで持っていないからである。それは私の生の方法と裏表のことだ。(自分の生が)たった一度のこれっきり、と思っているから、単純なものや原型的なものを探すので、もしか永続性の側に立っているなら、私はもっと人間の複雑な光景や生活の豊富な変化の場面の方に眼を向けるだろう。

ついでに言ってみる。現代ではそれこそ夫婦の絆の基としていわれる「性」の話のないことに、不審を抱く人もいるだろう。が、子供を欲しない者の眼から見ると、あれは、非常に重要なものだというわけではない。重要には違いないが、もっと大切なものがあると思う。どだい私は、夫婦の絆を、男でも女でもない一人ともう一人の結び付き、として考えようとしているのだった。

ここで、もっと変な話をすれば、私は、「子供」のことだって、こだわるつもりはない。子供を欲しない、それは私一人の意思である。しかし、家内が、やはり、たった一度のこれっきり、ということに賭けて、子供を欲するということはある。それは彼女一人の意思である。で、つまり架空の話だが（家内に判然と言ったことはないが）、私は、彼女が誰かと子供を作ってもいいのである。私は、その子が私の子であるかのように育てるはずだ。それは気取ったわけでもない私の自然な感情である。私はいま非倫理なことを言っているのか。私はだいそれたことを言おうとしているのではない。私が白紙の上に思い描いた、小さな家庭像の中の、小さな決定に過ぎない。そんな小さな決定なら、一つ一つの家庭がそれぞれ独創的に行なっているであろう。

つまり、ここで、私は世間とは反対の考えになるのだ。以上のようなことがもしあれば、それで夫婦が分裂する、絆が傷つく、と世間は言う。しかし、私の思いでは、以上のようなことこそ、夫婦の絆から流れ出すものなのだ。

夫婦の絆は、非常に繊細なものだが、しかし勁《つよ》い。それは、私の私自身に対する関係と同じものだ。「一緒に暮らそう」と私自身が言った言葉を、私が変えることはできない。その言葉の背後には、私の自由による私の決定がある。

私は最初の頃、とにかく何か方針を持つべきだから、夫婦の絆というのは、

それは「共に大地を掘る」ことだ、

と考えた。こういう考えの背後には、ミレーの絵「木を接ぐ男」の農民夫婦の印象があるのに違いない。やはり、あれが原型なのか、と私は思った。しかし、私は梨の木を持っ

てはいない、木を接いでもその実を食べる孫の存在はない。また、私の立っているのは都市の舗石の上であるから、あの大地もない——この三度繰り返される「ない」を、やっと三年間で一語ずつ、といったぐあいに私の生の上に発見していったあげく、とうとう私は訂正することにした。

こんどはこう考えた。夫婦の絆というのは、

それは「共に言葉を掘る」行為のことだ、

と。とても単純な形をしていて、原型的なものだとは思うが、考え始めると厄介なところがあって、そのイメージや意味をうまく伝えることができない。私自身、もう十五年余もその言葉を追っているが、その真の現実性を摑み切れているわけではない。ルソーが『告白』の中で、女房にも「知的な本」を読ましておけばよかった、と後悔しているところがあるが、そんな意味のものではない。こんなルソーは滑稽だ。

とにかく、私が石ころに向き合って一人で生きようとしていたときは、一人で言葉を掘ったわけである。しかし、二人で生きよう（暮らそう）と思ったときには、「共に言葉を掘る」という行為を始めたはずである。生について語る言葉の一致こそ、結び付きの中心にあるものだと思われるから。

そのことは日常の現実性も示しているのではないか。夫婦の分裂は、事件によってでは

なく、小さな生の細部を語る小さな言葉によって、生ずることが多かろう。

言葉は、心の声であり、心の形である。心という見えぬ存在、まったく「私」といっていいものを「共に掘る」――それが、絆ということの真意だろうか。

〔「新潮」一九八六年五月号〕

家と女たち

1

私は持ち家を持とうとしない人間である。なぜなのだろうか。私にはよく分っていることがあるが、なぜという理由が、人には上手く説明できない。むろん、この、人という中には、私の家内も入る。つまり私は女房にも理由を説明することができない。家内は、家について、やはり持ち家の女らしいイメージを抱いていた。私はこの二十数年間、そのイメージのことごとくを握り潰してきた。家内は何も言わない。しかし、私は、自分の握った掌の中に——なにか「殺して、殺して、殺すこと」というような音調が鳴っているのを、知っている。私は何を殺したかったのだろうか? とにかく二十数年も経ってみれば、私が、彼女の家へのイメージを毀し、そのイメージによって育んだ女らしい柔かいこころの部分を潰してしまったことが、よく分る。それは彼女の生の傷になっている。そして、私の掌には、なんだか柔かい小鳥でも握り潰してしまったような、そんな感触がはっきり残っている。時折、ふと声を聞くように思って顔を上げる——お前のその掌は罪なのではあるまいか。それはそうかも知れない。私は沈黙する。しかし、やはり、このままの道を降って行くほかはない……。

「いまは、何処にお住いですか」

もう十年以上も前から、ふと法事の席などで出会った親族＝女達が、私あるいは家内に問う。

「最初からの、あの団地（といっても、見た人はいないはずだが）、賃貸の2DKですよ」

と言うと、彼女達が、一様に怪訝《けげん》な顔をする。

その顔の訳は分っている。第一の理由は、私が批評の「本」を出しているから、儲かっているはずなのに、ということだ。しかし、批評家の本なんて、一冊を出すことによって得る金銭は、めったに五十万円を超えない。そこを口を酸っぱくして説明したところで、彼女達が浮べているのは——「お前は偽っている。儲かるにつれて、ことさら貧乏話を誇張するあの日本の卑しい話法だ」という目の色だ。子供のためにもう一つマンションを購入したい、それゆえに借りたい……というような声に出会って、私は当惑したことがある。

しかし、以上はほんの冗談事に過ぎない。次の第二の理由に比べれば。そして、私の怖ろしいのはこちら側だ。

つまり彼女達は、もし人が、会社などに勤めて生活の方針が立ったとすれば、次は当然、、にも、生活の基礎としての持ち家の設営を心掛けるべきだ、と思っているらしい。

「五十にもなって、自分の家が持てないなんて、あれは駄目な人間だ」というような声を、友達や親族の会合で、家内の耳がしょっちゅう拾ってくるようになった。昭和四十七、八年頃からの目立った現象で、当時は当然にも、「四十過ぎて……駄目な奴」だった。その声は、きっと「われわれ」のことを諷《ふう》しているに違いない、と家内が言う。私は嗤う。実に正確に、その通りじゃないか。

そして、なるほど、と私は思う——これが「市民」という奴だったのか、と。戦争中の少年だった私は、戦後、舶来の民主主義が鼓吹される中で、実に烈しく、われわれが、在来の日本人の普通の生活の態度から離れて、市民にならなければならぬ、と要請されているように感じていた。しかし、その市民とは、いったいどんな人間像のものだろう? ということが、十年経っても、二十年経っても、分らなかった。分るために、私は、文学のみならず歴史や政治や社会についての色んな本を読んだ。馬鹿な話だった。

　馬鹿な話だった、と言う私の口は苦い。私は、自分が、ひどく人並みより劣った者に、つまり、襤褸《ぼろ》布のような存在に感ぜられたので（襤褸布というようなイメージに執着するのが、精神病質者の一つの特徴らしい＝ミンコフスキー）、まず、人並みであろうとして、「もっとも普通の人間のもっとも正常な感覚とは何か」ということを索《もと》めた。つまり、もっとも普通の人間になることが、心からの希いであり、私の半生の努力だった。しかし、白状するが、この努力は成功しなかった。なぜなら、私は、何をどう考えてもすべて、私が現にここに生きている、というそこから出発するし、うろうろ考えた果てに辿り着くところは、再び元の、私が現にここに生きているということであり、それで完了、ということになってしまう。では、いったい何を考えたということになるのか？　なんだか私は自分が、微小な一点をめぐって無限に循環する生の罠に捉えられている、と感ずる。何も生産しないこの循環は、徒労というか結構心理的に疲れるので、私は、生活の仕組みをなるべく簡単なものにすることに努めた。だから、そこで営まれる私の生の音調は、非常に単調にして退屈なものである。私は、この生の罠を逃れたいと思っているが、どうやって打開したらいいのか、よく分らない。ラスコーリニコフのように奇妙な一歩を踏み出すのか、それとも普通の人間ならどうするのか。さらに分らない。しかも、このまま罠の中にいる状態を持ち堪える方が、より人間的なことなのか、あるいはそうではなく、やはり打開するのが人間的なことなのか。それさえ分らない。

そんな私、普通の人間とは何かと思い患っている私には、さらにその上に接木して、市民という人間像を思い描くことが、ほとんど困難だった。本からイメージを抽出しても、それと私の感覚とが生きた連続を持たないのである。具体的な生きいきとしたイメージがない。それから私はずいぶん無理をして行きずりの人とお酒を呑み相手の話を聴くようになった。いったい市民とはどんな顔の人だろう？　あるいは、どういう人間なら市民なのか？

しかし、そんな探索にも飽いて、私が自分のことを、これは疵《きず》の生存である、と思うようになった頃、或る日不意に（と言っておく。ここを書くと長くなる）、そうか、この持ち家のことで怪訝な表情をする彼女達が、市民だったのだな、と気が付いたのである。もうその時には、市民という人間像はこうあるべきだ、というような話は何処にもなかった。話がなくなって、ふと眼を上げると、市民の群れは眼前に出現していたのである（私は単に自分が感受したままのことを言っている）。昭和四十七、八年のことだ。

私は一つの光景に行き当る。

それはあの戦争中のことだった。昭和二十年の何月か、私の住んでいる町、杉並区阿佐ヶ谷に空襲があり、私の家は焼けなかったが、駅に行く途中の一帯は焼けた。そしてそこに同級生がいた。

私の眼に浮ぶ。ほんの小さな物置き小舎程度に焼けトタン何枚かで囲われた屋根があり（壕舎ではない）、その下にポッカリと入り口の穴が開いている。私がその穴に向かって、

「おーい、行こうよ」

と呼ぶと、同級生が出てくるのである。

それが、まだ戦争中、学徒動員による工場勤務の途中であったのか、それとも、敗戦の八月十五日過ぎの通学の途中であったのか、このあたり私の記憶は混乱している。だが、この同級生の「家」に招じられたときの光景だけは、いまも鮮かに覚えている。

それは天井（？）は低いが、ほぼ六畳くらいの広さの穴だった。畳が四枚ほど敷かれ、古い茶箪笥が一つあり、その傍に布団が畳んで積まれてあった。火鉢のようなものが一つあった。

なるべく正確にと反省してみるのだが、そのとき、見た私には、いかなる感傷もなく、いかなる感嘆もなかった。ただ、ああ人は生きる、こんなふうにして人間は生きるのだな、というごく自然な感覚を持っただけである。どうか敗戦時の頃を思い出していただきたい。そのとき私には、この穴の家が、ごく普通の当り前のもの、と感ぜられたのであ

る。もし私の家が焼けたのなら、私の家だって同じことをするだろう、と。むしろ私は恥じていた。私が兄と庭に掘った防空壕は、身体をこごめて入れるだけの、単なる小さな穴に過ぎなかったからだ。穴が家にもなるということ、それは、小さいが現実的な私の発見だった。

発見などと、私は大袈裟な言葉を使っている。どうか許していただきたい。そのとき私は十五歳だった。そして十五歳は、それまで自然に生きてきた生の細部のことごとくを、自力を意識し始めたところから再検討したい、それから、前途に向けての生の設計を全部自分の手で新しく始めたい、と思う時期なのだ。この時期に、見て、聞いて、感覚した、人間や現実についての光景は、その後の人生の建築の基礎となっているはずである。

私は思う。この「穴の家」が、私の抱く家のイメージの原型になってしまったのではないか、と。確かに、持ち家についての理由なきそして微かな私の嫌悪感は、そこから出発するらしい。

いや、これでは一面的な話だ。穴の家の光景だけでは、片手落ちになってしまう。実はそのとき私は、この穴の家が必然的に呼ぶというか、鋭く対照的に招くもう一つの光景を、片方の眼で見ていた。それは、空襲を経験したほとんどの人が言う、あの新宿や下町辺の焼け野原の光景である。

あたり一面焼け野原の光景がある。そのとき私は言葉もないのに何かこんなふうに感じていた——これが現実の本当の裸の姿に違いない、ついに人はここから出発するほかはない、そのことは強いられている、と。これは十五歳の、というより、もっと低い、青二才の中学生の未熟な感想である。だが、この光景とその感想とが、私の心にしっかり焼き付いてしまった。だから、私の生の感受性の流れの中では、あの穴の家と、この焼け野原とが、まるで一つの川を流れる水の両端のように、ごく自然に一つのものとして連続しているのである。

焼け跡にはすぐ、おかしな形で処々に綱が張られ、一人の大人が囲いの中で見張りに立ち、ここは俺の土地だ、と言っているようであった。私はなぜか、この風景を、奇妙なことだと感ずる。極端に誇張すれば、微かにだが、反自然なことだと感じたらしい。いったい彼はどういう根拠でそう言い得るのか？　理由は何か？　問いが、未熟なまま出発する。いったいどうして私はそんなふうに感じ思ってしまったのだろう。上手く説明できない。なにぶん戦争中だったから、とでも言っておくほかはない。たぶん私は、これからもっと猛烈に戦争しなければならないのになんと暇なことをしているのだろう、とでも少年の気安さで感じたのに違いない。

戦争が終わると、たちまち市民とは何かということで、ルソーなどを読まされる（強制ではないが)。すると、すぐこんなページに行き当る。

土地に囲ひをして「これは俺のだ」と宣言することを思ひ付き・そしてそれをそのま、信ずるやうな極く単純な人々を見出した最初の者が市民社会の真の建設者であつた。

(『人間不平等起原論』本田喜代治訳)

なるほど、と思った。それに違いない。私は見た、という気がする。しかし、実は私の感受性は、それに続くこんな馬鹿者の声の方へと流れた。

杭を抜き或ひは溝を埋めながら、「こんなペテン師の言ふことを聴いてはならない、果実は万人のものであり・土地は何人にも属しないことを忘れるならそれこそ諸君の身の破滅だ!」とその同胞に絶叫した者が仮にあるならば、……

(同)

ルソーは逆説として言っているようだが、私の感受性は、こちらの馬鹿者の声の方を、自然なものとして聴くのである。むろんいま私は、何か意味のあることを言っているのではない。議論はしたくない。ただ私の感受性の話をしている。それが戦争による私の獲得だった。どう仕様もない。ただ私は思わずにやりとする。もしルソーがちゃんと空襲を経験したらこの馬鹿者の声を街頭で演説したろうかと（呵呵《かか》）。

つまり、私が持ち家を持ちたくないのは、そんなこんなで、土地を買うという行為が、私の感受性と背反するからだ。

そこでお笑い話が、私の滑稽が生ずる。やはり昭和四十七、八年頃か、若い層までが猛烈に持ち家へと走ったとき、或る私の若い友人が家を買うと言うので、未来を担保にしてローンで買うなんて、そんな阿呆らしいことは止せよ、とか説得してしまった。彼が一年半くらい経って思い直して家を買ったとき、僅かその一年半くらいで、何百万円かの損を私が彼にさせたそうである。

さて、以上は持ち家という家の外形のことだが、こんどは家の内に入ろう。するとここでも、戦争中の一つの光景が私に甦る。

五月の東京大空襲のとき、親類の二家族が私のところへと避難してきた。このうち叔父夫婦は、われわれの見知らぬ二人の人間を伴ってきた。一人は、あいまいを極めた説明ながら近処に居た遠い遠い縁の女性であり、もう一人は、叔父が居たアパートの隣室の青年である。つまり、二人共、われわれにはまったくの他人である。

兄の部屋に叔父夫婦が住むようになり、私の狭い部屋で、兄と私とその青年が起居を共にすることになった。寝る場処が狭いのでこの青年は押入れの上段で寝た。私は大いに迷惑したはずだが、いま思い返してみても、さっぱり迷惑したという記憶が浮び上ってこない。だから、やはりその時も、なにかこれは自然なことだ、と感覚したらしい。なぜと聞かれても、やはり、なにぶん戦争中だったから、とでも答えるほかはない。

この青年は、八月十五日を過ぎても、なお二ヶ月ばかり私の部屋にいた。そんな状態が続くことにあまり疑問を抱かなかったところをみると、これは自然なことだ、と思い続けていたらしい。いま思えば、おかしなことだ。なにしろその出身も知らず、どんな職業かも明らかではない（私の父母も知らなかったようだ）、まったくの他人を私の家は抱え込んでいたのだから。もっとも後にこの光景を何度か反省してみたが、おかしい、という感情は湧かなかった。むしろ、あれは面白い光景だったな、というふうに感ずるのである。人は本当に困ったときにはごく普通にそんなふうに生きる、というぐあいに。

そこで小さなお笑い話。昭和五十年くらいだったか、一人の本当に質の良い青年らしい若者が話の途中でこう言い出した。大人ってだらしがない。自分の両親もそうだ。なぜなら、新聞があれだけ言っているのに地震への備えを怠っている。だから自分が指図して塀の補強などすべてを完備させた、と。思わず戦争中の光景が甦ったのでふと私は訊いていた。するとなにかね、もし町中が焼けて君の家が一軒だけ残ったとして、そのとき自分の家ばかりは水もあり食べ物もあり何も彼もありでああよかった、と思うために、その用意をしたのかと。むろんそうだと彼が言う。そこで私が、まあ右の耳から左の耳へすぐ抜けてしまってもいいからと、戦争中の光景を話してから、では君は、もしか乳児を抱えた母親が一日中君の家の前に坐り込んでいた後で、どうかこの乳児に一杯の水をくれと言ってきたら、どうするの、と訊く。彼は沈黙した。わるい癖で私は馬鹿念を押す。もし私が戦争中の少年で病気の父を抱えているとしたら、（なにしろ平和な秩序の見失われる瞬間だから）私は君の家に入って行くよ。そっと付け加える。後は、君の力が強いか私の力が強いか、という問題になる。なにぶん、アメリカと違って、ピストルが家庭にないものね。私は厭な奴になった。

こんな例をくだくだと述べたのは、私はこの頃大学へ行っているので、そのおかげで各ジャンルの学問を研究している、戦後生れの、そしてむろん私より高度な知識人に出会う、そのときふと感ずることがあるからだ。いろんな問題の中心に、人間という基本がある。その人間について考えるとき、失礼ながら、そして私こそ間違っているのかもしれないが、あまりにも平和な日常を当てにして（背景にして）考え過ぎる、と感ずるのだ。病者とか犯罪者の視点があまり採用されぬ。彼等だって、人間という基本とは何かについて考えている。だから、先生方が、人はみなそうする、人間はごく自然にこう欲する、というときの、その「自然」ということが、私の感受性とは微量にだが判然と異なる。もしかすると私の感受性の計量器は、戦争のせいで少し狂いが生じているのかもしれない。

また別に、ふと私はこう感ずる。いま、日本人は、みんなが（九割近くの者が）、中流意識を持って暮らしているというが、その根柢にあるものは、戦後二十年を過ぎてからの平和な日常が形成した、あの地震への備えを怠らぬ若者式の、何か人間とはこんなものだという共通のイメージではないか、と思う。中流意識とは、生活の実感ではあるまい。戦後しだいに一つになってきたイメージの共通性の確認、ということではあるまいか。そのイメージが、いわば市民という顔になるのか。

家の内には、家族がいる。夫婦がいる。

しかし、私の手が営んだ家の中では、親の姿が消え、また、子供という存在も見当らない。たぶん私は、戦争中に変な感受性に目覚めてしまったために、戦後間違って出発してしまったらしい。

この感受性の急所を強く打ったのが、大岡昇平の次の二箇所である。

既に永年兵隊として隔離された我々にとつて、ずつと保持し続けてゐると信じてゐる家庭的感情も、実は一つの抽象にすぎないのである。（『俘虜記』）

……空襲中東京の家で彼女（妻）が火に囲まれて危く助かつた話を聞き、「そりやよかつたね」と答へながら、ふとその時彼女が死んでしまへばよかつたと思ひ、私は自分の心に驚いた。（『野火』）

私は自分の変な感受性に添って、なるほどと思うとともに、ことに後者は、いくらフィクションでも、こんなふうに書いてしまっていいものかと感じた。これを書いた作家の手が、長い間、私にとっては大岡文学のもっとも難解なところだった。作者の手の人間的な位置、ということについて様々に考えた。

ところが、なんと、私は大岡氏の浅薄な読者に過ぎなかったのだ。いったい何を読んでいたのだろう？　ごく最近たまたま読み返していたら、急にこんな一行が眼の中に飛び込んできた。俘虜から戦後の日本へと帰ってくる、この徒手空拳の復員兵は、こんなことを思っていたのだ。

かねて収容所で私が計算したところによると、帰還後私が養わなければならぬ親類縁者は十二人いるのである。

(『わが復員』)

「命を拾って」帰った私にとって、祖国日本にあるものはみな大事であった。

(『帰郷』)

明らかに、この二つは、戦後におけるわれわれの原点、出発点である。ことに前者は、それが「家」の原点になるものであろう、と私は感ずる。私に欠けていたのは、この復員兵の「元気」——強い人間的感情である。しかも、戦後の復興を見ているうちに、私はどんどん元気を失っていった。なぜだろうか。そして、やがて持ち家どころか、子供という観念にも衝突しなければならない、と漠然と予感していた。

2

人は歳を取るとともに過去を飾りたがるものだが、それは自然なことだろうか。ふとした過去の小さな生の細部が鮮かに照射され、そこに、自分の現在へと至った一つの出発、起点といったものを見出したりする。

私はなぜ、自分の子供、というものを欲しなかったのだろうか?

以前地下鉄の中で、或る作家から、なぜ自分の家（持ち家）を持とうとしないのかと問われたとき、私は、お金がないからですよと答えたが、いまその言葉は恥になっている。何度思い出しても耳が赤くなる。嘘を言ったことになるからだ。

むろん、そのとき、私の頭の内部で違った言葉が流れた。しかし私はそれを言うことができなかった。なぜできないのか。理由を言えば相手が不機嫌になると思ったからではない。私はただ羞しかった。口を開けば、中学生式の、気障と誇張に満ちた、もっとも浪漫的で空疎な言葉が出てくるからだ。でも、言ってみればいいじゃないか? いや、そうはいかない。羞恥の底には、それを生み出す母親、不安と恐怖とがあるからだ。

恐怖とは何か。人は誰でもみんな胸の奥に、ごく単純な、「秘密の言葉」を二つか三つ隠して持っている。その秘密の言葉こそ、彼の生活の中身（家を持つとか子供が要るとか）、およびその質とか形とかを、決めて行くものだと思う。われわれが生活を一歩ずつ形成していくときその中心をリードするものだ。私は、何処の誰とも――むしろ正確には何処の誰とは知らぬ人とも、喜んで話し合うことにしているが、そんなときには、彼の秘密の言葉を、あれかこれかと想像してみるのが愉しみなのだ。むろん、それは、普通の人間なら誰もが、何時でも何処でもやっていることだ。われわれが暮らしの中で、ああ人間は実に厄介な(=愛すべき)生き物だなと思うとき、実は、その秘密の言葉の感触を得ているのである。(漠然たる疑い――われわれの称して言う作家論作品論とは、こういう一般人の力の十分の一ほどの能力を、百分の一ほど局限された場面に適用している例ではあるまいか? 閑話休題。)

しかし、そういう秘密の言葉が、一度口外されたらどうなるか。秘密の言葉は、それが秘密自身であることによってのみ、あるいは秘密という隠された領域にあってのみ、生きた、精妙にして不思議な、怖ろしい力を発揮するのである。だが、これを一度取り出して白昼の光の下に曝して正視してみるとどうなるか。例外なく、驚くべきほどに単純、かつ不合理、粗雑ともいえるような白々しい正体を現わすのに違いない。秘密の言葉は、それを抱く者にとっては、ほとんど若干の生の原理(格率と方法)と言っていいものだけに、白昼の光の下に見る人は、こう呟くに違いない。なんだ! こんなものが、滑稽にして粗雑な、俺の生存の仕組みの惨めな正体か、と。たぶん自分の白骨を見るような気分だろう。見て、耐えられるだろうか、それを持ち堪えることができるだろうか、という恐怖感がやってくる。真の恐怖はそこから生ずる。一度口外したら、もう元の場処に還れないのではあるまいか？

不安とは何か。先の恐怖は、人が破れかぶれになれば突破するのは容易である。だがその後に、次の問題が生ずる。——いったいなぜ、そんな言葉が選ばれたのか、それはなぜ秘密でなければならないのか？　われわれは疑惑に直面することになる。一見生の原理と見えたもの出発点と見えたものも、実はそれはそうではないので、意識化することが不可能だったそれ以前の生のうねりが生み出したもの、に他ならなかったのである。つまり秘密の言葉は、生の内密な運動が生み出す、派生的な二、三の頂点、あるいは、生の内密な網目が仕組んだ二、三の罠であるに過ぎない。そういうことに気が付く。するとどうなるか。

その生の原理の彼方、秘密の言葉の背後に、奥深く、未だ知られぬ未開拓の原野が黒々と広がっているような気がする。その原野が何か無数の生のうねりのようなものを発し、たまたまその一つの波に私が捉えられて、それが秘密の言葉になったのだとすれば、他の無数のうねりは、あるいはこれを嘲笑し否定しているかもしれない。そう思うと、不気味な感触に襲われ、私は不安になる。私はその言葉を、いったいなぜ、何処から手に入れてきたのだろう？　その問いを発すると、たちまち奇怪なものに面接しているような感じになる。昨日まで確かだと思っていた生の原理が、足許で崩れ、不確実となり、風に散り、後に残されたのは、何か名状しがたい原野のうねりの黒々とした出現ばかり。これは不気味である。そしてもっとわるいことには、それを覗き込む自分が、方途を失って何もない、得体の知れぬ不気味なものへと化してしまうのではないか。そういう不安がある。しかし、秘密とは、また自己矛盾そのものであるから、いつかは顕われようとする。生涯打ち明けられなかった秘密などというものは、存在しない、とも思われる。恐怖と不安を逃れてそれを言うただ一つの手段がある。それは自分を滑稽化することだ。滑稽の生みの母親は、否定、否定への共感、つまり自己否定ということだから。

おかしなものだ。こんなことを言っているうちに、私には、子供というものが、その未開拓の原野から送られてくる一人の使者、と感ぜられてきた。……しかし、こんな考えを私は拒否する。やはりお前は元の場処に還れ、と私は言う。

もう一度敗戦時へと戻る。

戦争末期から敗戦後二、三年にかけて、駅構内にたむろする平均十歳くらいの一群の少年達がいた。いわゆる戦災孤児とか戦災浮浪児と呼ばれる少年達である。それにしてもこの呼び名、いったい戦争中の発明なのか、それとも敗戦後の発明か。記憶が判然としない。残念である。こういう命名、あるいは言葉の変化こそ、時代の変化を鋭く映し出す意識の鏡であるのに。

その頃は汽車に乗るのが大変困難だったので、改札の前などに蜿蜒と坐り込む。そこでこの日のために用意した三個の握り飯の弁当を開く。と、不意に、にゅっと腕が出てきてその一個を掠めさらってゆく。あっと思う。おむすびを奪われたからか。違う。黒く細い木の棒のようなその腕にである。あ、この腕は何だろう？　という異物感がある。それは、今日の新聞の写真が写し出す、貧困なインドの少年、ベトナム難民の少年、飢餓のアフリカの少年、その少年達の腕によく似たものだった。

あっと驚くから、おむすびを奪われても、私は何も言わない。眼を上げると、そこいら中で同じ光景が繰り返されている。しかし誰も何も言わない。二、三人前に並んでいる、皮ジャンパー（だから敗戦後だ）の屈強の兄《あん》ちゃんだって何も言わない。前に一度、私はこの光景に言及して、誰も何も言えないのは――こういう少年達こそ、人間の生き物としての根柢的な恐ろしさを直截に表現している存在なのだ、だから誰も手を出せない、とか言ってみた。間違っているとも思わないが、いかにも未熟な思考であった。

いまはこう思う。この少年達が表現していたのは、人間という生き物の恐ろしさではない、むしろ人間の優しさである、と。その優しさの誘発したものが、それに対して沈黙をもって応えるわれわれの優しさであったのだと。

なぜなら、少年は、私のおむすびを、奪った、のではなかった。私の広げた食べ物の三分の一を持って行ったに過ぎないのである。少量の方を持って行った――それが生き物の礼儀であろう。少年の方が困難な状態にいるのに、彼がそうした、ということは、人が一般的に困難な状態にいるときに、彼が人間的な礼儀に則したということであろう。少年達が礼儀に則したのだから、われわれも礼儀をもって応えなければならない。あの瞬間（あの頃）には、それが不言実行されたのではないか、と私は想起する。そのときのわれわれの礼儀とは何か。それは、命旦夕《めいたんせき》に迫った肺病患者の少年にムイシュキンが言う、あの――「どうか我々の幸福を赦して下さい」という言葉ではなかったか、と思う。戦争という混乱した現実の斜面に立つ、一種の自然な礼儀といったものがそこに生じた、と、いま私は思う。

ところが、敗戦後二、三年もすると（何時からだろう？　記憶が判然としない。残念だ）、少年達は浮浪児として、駅員や警官から追い払われるようになった。

その光景を見ることから、私の胸に何かが生じたらしい。ああこれからあの少年達はどうやって生きて行くのだろう、とか、十六、七歳のひどく感傷的だった私は疑問を抱いたらしい。むろん、その疑問の背後にあるのは、臆病な私、自分だったらとてもあの少年達のようには勁く生きられそうもない、という恐怖と不安である。私は本当に恐かった。

さて、ここで私は、文章法を無視していかなる脈絡もなしに言うのだが、突然に、自分の土地、自分の家、自分の子供、というそれが嫌いになったのである。

背景はおそらくこんなことだ。私は戦争が平和へと交替するところをゆっくりと観ていた。そして、戦争もきついものだが、平和もあまり有難くないものだなと感じていた。戦災孤児の少年は、戦争末期と敗戦直後は、まだ時代のシムボルとしての意味を持っていた。共生感のある人間的存在だった。しかし、平和が進むにつれて、彼等は、浮浪児として追い払われるようになった。もし自分が彼等だったら、という想像の打ち切れぬ私は、平和になってそんなふうに扱われるのはご免だった。私は漠然と感覚していた。これまでの戦争の共通性、軍隊、戦死、焼け野原、とは対照的に、これからは、自分の土地、自分の家、自分の子供というものが、支配する時代がやってくるのだな、と。

人が自分の子供ばかりでなく他人の子供も養えばいいのに、と、未熟な私の思考は走った。それを妨げているのは、「自分のもの」という思いと感じ方にある、と考えた。私は、この「自分の」（観念としての）ということが、嫌いになった。だから私は、自分の子供は欲しなかった。

こんなふうに言うと、おかしく思われる人がいるに違いない。なにしろ私は、自分の内部の「私」という存在に飽くまでも偏執している奴、と見られているに違いないから。

そのとおりである。私は、自分の内部の「私」という存在に固執する。「私」が生涯の問題と化した。しかし、そう考えている生身としての個人としての、この「自分」は嫌いなのだ。自分が嫌いだから私という問題に熱中するのか、私という問題に熱中するから自分が嫌いになったのか、それは鶏と卵の関係になってしまうが、少なくとも以後私の内部で行なわれたまことに単調なドラマ——自分と私との、連続と不連続、ひび割れとか詭計による握手などの探究は、その一つの起点を、この戦災孤児の光景に発している。もう一つの起点は、私という単純な人称格の行なうとりとめのない人形劇を（三年ばかり私の日々の生活がそう見えたから）、ノートに書いているうちに、「私」というものの唯一の実質は、物の実質とは違う、物に関わる生の実質とも違う、「私とは何か」という問いこそ、その唯一の実質である、と思うに至ったときである。

なるほど、自分が嫌いだから私に固執する、というのは、論理的ではない。しかし、私に固執するから自分にも固執する、というのは、一見論理的（話法、文章法くらいの意味だが）に見えるが、それは物と物との関係を考えるとき、原因と結果を直線的に結びつけるところの論理である。これに反して、人の思いと行動というような、人間の内部で何かを結びつけるときには、しばしば、自分が嫌いだから私に固執するというように、曲線的な論理を用いるのが適当である、と私は思うが、どうだろうか？

いまから十年くらい前までは、私は時折り、女達から、あなたはなぜ子供がいないのかと訊かれた。まさかお金がないから、とも言えないから、私は黙っている。そして、頭の中を別の声が通る。

最も普通の最も健全な人々は、子供の沢山あることを大きな幸福と考えているが、わたしとその他若干の人々とは、そのないことを同様幸福と考えている。

いや、人タレスに向って「何故結婚しないのか」と聞いた時、彼は「子孫をのこすことを好まぬから」と答えている。（モンテーニュ『随想録』関根秀雄訳）

まあ、私の思っているのも同じようなことなのだが、その言葉を発言するのは、なぜかためらわれた（もっともこの頃は言う）。今風にいうと、恰好良過ぎるので照れるからだ。それに、こんな言葉に出遭ったのはずっと後のことなので、最初に自分の子供というものについて考えたときの感覚とは、しっくりしないところもあった。

だが、しばらく前に本を読んでいたら、同じことがこう言われていた。

……彼（タレス）は結婚しないままで一生を終り、姉（妹）の子供を養子にしたことになっている。そして、なぜ自分の子供をつくらないのかと訊ねられたときに、「子供を愛しているからだ」と答えたということである。また彼の母親が彼をむりやりに結婚させようとしたとき、「まだその時期ではない」と彼は答えたが、その後、年頃をすぎてから、母親がもう一度つよく促すと、「もはやその時期ではない」と答えたということである。（ディオゲネス・ラエルティオス『ギリシア哲学者列伝』加来彰俊訳）

読んで良かったと思う。こちらの方が私の感覚にしっくりする。「子孫をのこすことを好まぬから」というのは、それはそれでいいのだが、なぜか直線的な結論のような気がする。こちらの「子供を愛しているからだ」の方が、曲線的になっているので、ごく普通の現実感を持っているし、また私にもしっくりする。結婚しないためのやり方なぞ、思わず笑ってしまう。われわれがごく日常的に、自分とは結びつきのわるい人生の問題と応対するときに、よく用いる態度だからだ。

ついでにいうとこの本では、「『汝自身を知れ』という言葉は彼（タレス）のものであるが」となっている。してみると、子供をつくるつくらぬと、自身を知れとは、何処かで連続しているのかもしれない。私の場合は簡単だ。自分と私とがしっくり一致しない人間、私とは何かなどと思っている者は、子供をつくってはならぬと思う。子供はやはり、この世の中の確実な場面の上に生れてくるべきで、これは何かと疑う疑問の中から飛び出してきていいわけがない。タレスはそこを上手に解決した。姉の子供を養子にしたというのだから。現実的で自然なことだ。私などは心の誇張によって、他人の子供だったらもっと良かったのに、などと思ってみるのだが、それは空想に過ぎない。それに養子というのも困るのだ。形を変えての自分の子供であり、それなら最初から私は自分の子供を欲していたはずだから。不在の子供という影も、思えば、かなり遠くまで人を連れだす。

もっとも、以上はものの一面であって、子供について考えた四辺形の一辺に過ぎない。その前に、いくつかの障壁を乗り超えねばならず、同じような問題をレッスンしてきたはずであり、それは——恋愛、結婚、夫婦、家庭である。そのどれにも、私は自然な態度を取ることができず、小さな衝突を繰り返した。そしてそのすべての背後には、いつも「女」の存在があった。だから、女の存在とは何か、といつも考えねばならなかった。哲学の二、三行は熟慮すれば解けるが、女はいつまでも難解だった。

私は若い頃、ご多分に洩れず、強い恋愛気分の中にいた。しかし同時にそのとき、私は自分の心を、道端に転がっているもっとも平凡な石ころの、その形姿とか価値とか感触とかに、できるだけ近付けようと焦っていた。私は石ころに問う。お前は恋愛するのか、と。彼は何も言わない。私は勝手に、どうせ石ころは恋愛しないだろうと決めて、断念してしまった。むしろこんなレッスンをする。折からヴァレリーを読んでいたので、或る建築家のこんな言葉が気に入る――「誰ひとり知らないことだが、あの風雅な殿堂が、私が仕合せな恋をした或るコリントスの娘の、数学的な形なのだ」（『エゥパリノス』伊吹武彦訳）。だから、むしろこの関係を思いきって逆転して（こういうところが、文化とか文明なぞ知ったことではない野蛮人としての私の性向だろうが）、石ころがそのまま美しい娘の形姿として見えてくるように、眼のレッスンを試みた。むろん、そんなことが可能なわけはない。いかにも不自然な努力であった。もっとも、その努力感は消えず、一緒に旅行した或る批評家が指摘してくれたように、私の眼がごく自然に近寄るのは、線路際に生える雑草の一本一本であって、彼方に見える家とか社とかの見事な樹々ではない。

結婚も同じことだ。或る任意の一人の男が或る任意の一人の女と、一片の言葉が偶然交錯したがために、その言葉に賭けて、共に生きてみよう、というのが結婚である、と私は思い決めていた。それ以上以下のものはすべて拒否する。以上以下というのは、愛とか性とか金銭とか幸福とかの類である。未熟な若い私の眼には、それらが、薄汚れかつ不愉快な言葉に見えた。私は、自分が石ころと出会ったように、人と人とが出会うときの原型となるものは何か、と追求したかった。私の妻はそのとき、自分は「零の状態」が好きだから、とか言った。よろしい。後はあの暮らしという日々の実在の中で、その言葉をどんなふうに持ち運んでゆくか、お互いのレッスンがあるばかりである。で、われわれは結婚を、結婚式もせず、親族へも通知せず、結婚届も出さずに行なった。なぜそんなことをする必要があろうか。しばらくして届を出したのは、妻の母親が「離婚について」というような本を彼女の許へと送ってきたからだ。

それから夫婦であることが始まった。しかし、私は困ったことに、最初から、夫婦であるとは何か、ということがいっこうに分らなかった。すでに実行して、二年三年と経ち、五年経っても十年経っても、何かということが分らない。生存とか生活のために、いったいなぜ人はこれを必要とするのだろう、という急所が、よくは分らない(私の考えの内部には、家と子供が不在だった)。

それから二十年経って、ブック・デザインの仕事をしている家内が、外人アパートと呼ばれる建物の広い部屋を仕事部屋にしたので、そこに出掛けてみて私は驚いた。グラビアの一ページのように家具調度が揃い——そこに「家」があった。そうか、やはりこれが欲しかったのか。私はそこに、彼女が押し隠していた夢(願望)の形態を見た。われわれが現に棲む家というか部屋には、箪笥とかソファー、鏡台といったものは、一切ないからである。

二年ほど前から、家内は、ようやく交際し始めた妹のところの小さな子供の話を、よくするようになった。口真似もしきりにする――するとそこに、不在のはずの「子供」がいる。そうかやはりこれが欲しかったのか、とは、こんどは私は言わない。いったいどうしたのか。子供とは、それほど女に必然のものだったのか。これも夢の形態だが、こちらは、在り得ぬものへの願望であり、それは彼女を超えた背後のあの未開拓の原野からやってくる。

改めて思う。そうか、家とか子供への欲求をかくも執拗に内在させている、これが「女」だったのか、と。しかし、私は、その女の部分は握り潰してきた。何度も握り潰した。それは私の必要だった。いったい何を私はしたのだろうか。それは、もう一人の人間あるいは家内に、お前も石ころのごとく生きよ、と強制することだったろうか。私は問う。もしそうならば、石ころよ、お前にはどんな祈りの声があり、どんな罪の呻《うめ》きがあるのか……。

〔1 「新潮」一九八五年一一月号、2 「新潮」同年一二月号〕

石ころへ――あとがきに代えて

……ふと道端から拾った一塊の石ころ（あれはもう三十数年前のことだ）お前が、相も変らぬ私の手紙の相手だ。

その時、たぶん、私は十九歳だった。嫌悪と疑問の頂点にいた。自分の手で自分を握り潰してそして死んでしまいたかった。その後に、ぽっかりと、私の形と分量だけの空虚が残って、何か奇妙な笑声のようなものを発する。それが甘美な私の空想だった。

そして、私は強烈に生きたいと思っていた。自分は何か亡霊のような姿となって見守り、その笑声とこの世の中とが衝突して発する滑稽のことごとくを、果ての果てまで凝視したい、と思っていた。

何か、知的クーデターのようなものが必要だった。そこで私は試みたのだ。ほんの千分の一秒の間に思いついた戯れを。石ころよ、お前の形姿と、私の生存とが、まったく等価であるように、と。戯れを生きれば、それは滑稽な生になるだろう。道端に転がっている石ころ、それは、偶然の、無名の、任意の存在である。人の内部の私というものも、実は、そういう存在である。石ころは、どんなふうに割ることもできる。どんな形にもすることができる。——こいつは、元々、無用にして不確実な存在なのだ、と人は指差して言う。私はそんな生存の姿を持ちたかった。

人間には、人間性というものがある。私はそれが嫌いだ。私は戦争中の少年だった。人間性を言う言葉は、嘘ばかりである。ところが、石ころには、石ころ性というものがある。私はそれは好きだ。人間は、割れば、嘘ばかり出てくるが、石ころは、いくら割っても砕いても、同じ石ころである。ただ、自分の存在と自分の時間とに耐えて、何一つ物も言わずに沈黙している石ころよ、お前が私の教師だった。

私は、お前を道端から拾い、机の上に置いた。何時の日か、お前の内部から発する、石ころの声を、私の耳が聴く日が来ることを待って。なぜなら、私の生の音調の一つには、石ころと等しい物質性があると触知されるし、石ころよ、お前の内部にも、時間とともに在りかつ流れる意識の音調のようなものが存在する、と私は想像したからである。二つの音調の、どんな共鳴が生ずるか。私は待ち、そして私の耳は病んだ。

……………三十数年が過ぎた。私はいまでは、女房持ち家庭持ちだ。笑わせる。これが、おれの様だ。幸いなことに、私は石胎らしく、子供はいないが。

人間らしく生きることをすべて拒否して、石ころよ、ただただお前の声を聴こうとした日々は、ほぼ一千日しか私には持ち堪えることができなかった。なんという過失、滑稽。

……それから、私の人生の日々が始まった。つまり、確かに歩いてしまった私の堕落の日々が。馬鹿気た人々の言う声にすべて屈従して、なんという卑怯な生存を持ったのだろう、このおれが？

石ころよ、とうとう私はお前の声を聴くことがなかった。でも、仕方がない。私は世間に屈従し、お前を裏切ったのだから。では、最後にこんな希いがある——沈黙する石ころよ、石もて私を撃つがいい。

〔「季刊手紙」第三号、一九八五年三月〕

「人間探求派」の文芸評論家

解説
佐藤洋二郎

本人が逝《い》ってから逆に素心深考する人物は多い。身近に接している時は灯台下暗しで気づかず、客観的にその人物を見ていないからだ。わたしの中でそういう人物の一人が秋山駿氏だった。三十代の初めの頃に知り合い、当初はどこか得体のしれない人物だと感じていた。普段は口数が少ないが、いったん話し出すと、相手を理詰めで攻めてくる口調を苦手だと思った。近づけば斬られる。そういう感情もあった。

そんなある時、離れた席で飲んでいると、秋山駿が、おめぇの話、おもしれぇぞ、と江戸弁の巻き舌で声をかけてきた。周りはうるさく、なおかつ氏は片耳が聞こえないので、失礼ながら驚いた。

「おれたちの時代にはよくあった。どうして知った？」

　わたしは知人と売血の話をしていたが、酔って露悪的な話になっていたかもしれない。

「五木寛之さんのエッセイを読んだからです」

　若いわたしが売血に行っていたということに興味を持ったらしい。敗戦後の学生もよく行っていたようだ。それに彼が出入りしていた文学の会の集まりで、五木寛之氏と顔見知りということもあったらしい。

「日雇いに行っても千八百円。売血に行き、四百CCの血を抜くと、四千円貰えるんですよ。こっちのほうが断然良かったですよ」

　わたしは調子に乗った。

「で、どうなんだ？」

　そのお金があるまでは本を読み、なくなるとまた行くと偉そうに伝えた。ただし血液の比重が軽くなるので、一週間に一度しか採血に行けず、その間にお金がなくなると日雇い労働に出ると話した。当時のわたしは心身共に疲弊していて、どう生きていいかわからなかった。その心の底に小説を書いて生きたいという思いがあったからだ。それでいよいよ食べていけなくなり、建設現場の宿舎に入り肉体労働をしていた。

　しかし秋山駿と知り合った頃には、知り合いとやりだした基礎工事会社がうまくいき、乗用車は電話付きのクラウンに乗り、年商も十数億になった。そばに電話がなければなら

秋山 駿（1987年7月）

ないほど忙しかったのだ。だが小説を書く世界からどんどん離れていくようで、精神状態は芳しくなかった。小説の注文も増えて睡眠時間もなくなり、結局、三度倒れた。もう限界だと思い会社を離れると、直に経営は立ちいかなくなり、気づくと、今度は多額の負債を抱え、また生活に追われるようになった。それらのことから少しでも身を軽くするために、何もかも売り払った。それでも足らず、右往左往している時に、友人が新聞社を早期退職し大きな金額を手にした。

「貸してやれ。おめぇが持っていても、役に立たねぇ」

秋山駿は友人に二千万円を貸してやれと言った。周りの者も息を止めて聞いている。やがて五百万円を借り、それで一息ついて小説を書いた。そして秋山氏は朝日カルチャーセンターの講座も譲ってくれた。法子夫人からも連絡を貰い強く勧められた。肉親関係をすべて断ち切り、「簡単な生活者」として生きているのに、このやさしさは何だと思った。人間は悲しくて泣くが嬉しくても泣く。わたしは人のやさしさに触れて泣いた。

わたしたちが生きていく最小単位が家族だが、その家族の「族」という文字は弱い者たちが群がり集まって生きることを指す。それが親族・一族・部族・民族となって国家を形成していくが、秋山駿はその大元の家族や親族の関係を拒絶して生きた。そのことを書いたのがこの『簡単な生活者の意見』だ。意見とはある事柄に対して述べることだが、その矛先はすべて自分に向かい、我が身の生き方や人生を問うたのが本書だ。

「なにしろ私は、この兄が（亡母の血を分けたただ一人の兄弟であるが）、中学の教師をしていると聞いてはいたが、この二十数年間、それが何処の中学であるかを知らない。また、住居は近くのはずだが、彼の家が何処にあるかを知らない。あわてて付け加えるが、兄と私との間に、いかなる対立いかなる憎悪があるわけでもなかった。ただごく自然に（何度でも繰り返す、ただごく自然に）、家族がばらばらになっていったのである」


本書で、同じ血が流れている兄との関わりをこう述べているが、その兄が癌でやせ細り死の前にいる。だが何一つ言葉をかけない。沈黙し、死を迎える相手をじっと見ている。「帰るよ」／と言って、私は兄の眼を見た。兄の眼も私を見ていた。四分か五分経った。それは静かだが異様な凝視だった。兄の眼の背後に、私の知らぬ、これまでの彼の生が凝縮されているような気がした。それが別れだった」と書く。

たとえは悪いが、もの言わず逝こうとする動物を見つめるように、ただ一行、「兄貴が死んだ」という文字を頭脳のノートに残す。その残した文字を前にして、なぜそう書いたのかと疑念を持つ。それはまた父に対しても同様だ。

「父は、家が駄目になっていたときの子であったために、たしか高等小学校しか出ていないはずである。そしてごく若いうちに鉄道省に勤めた。精励ということが父のすべてである。（中略）そのおかげで後に（中略）課長くらいになっていたのではないかと思う」と『人生の検証』で述べている。「そんな父と、私は敵対していた。私が文学に耽ることを父が許す訳もなかった」からだ。

その「父が死んだとき、私はいわゆる文芸時評家の卵になりかかったところで、ちょうど死んだばかりの高橋和巳の解説を書いているところだった。「ああ、そうかい」と言って電話を切ると、私は父の死を頭脳のノートの一行として記し、それから何事もなかったように解説を書き、そしてそれから実家に行った。私はなにかおかしな人間だろうか？」と記す。

十三歳で母が逝き父は後妻を貰うが、その子どもたちのことも一切知らない。これはどういうことだと思ったが、訊いたところでどうなるものでもない。なぜならわたしも秋山駿と同じ歳に父を亡くしていたからだ。どうして自分だけが男親がいないのか。なぜ早く逝ったのか。父の死がわたしの人生の断層になったが、秋山駿もそうだと思いたかったのだ。

だが訊けば訊かれる。訊かれれば話すようになる。心の傷口が広がる。瘡蓋《かさぶた》から血が流れるように、また哀しみが湧きだしてくるではないか。だから心の中に閉じ込めて置きたかった。そうかい。こちらの生い立ちを知った氏は一言言っただけだった。話さなくても心情はわかる。秋山駿も若くして逝った母のことは多くは書かない。彼の心の底に母への思慕と憐憫《れんびん》の情が横たわっていた。

死去した者が母と父とでは違うが、わたしはそれを自分の「負の財産」と考えていたが、書くことによって「正の財産」に代えた。しかし秋山駿は小説を書くことに向かわず、文芸評論家の道に進んだ。「仲間は小説を書きたい者ばかりだったが、評論家を目指したのは自分だけだった」と言ったが、ああ、そうか、この人は評論を書くという形で、自分を探求していく人物なのだと感じた。人生の断層となった母のことを書きたくなかったのだ。

その秋山駿の『人生の検証』や『「生」の日ばかり』『「死」を前に書く、ということ「生」の日ばかり』などの作品を読むと、彼が文芸評論家ではなく、エッセイストだということに気づく。わたしは氏の著作をそういうふうに読んでいる。そしてそれらの作品の基点がこの『簡単な生活者の意見』だと思っている。ここで言うエッセイとは、今日、捉えられている「思うがままに書く」「つれづれに書く」というものではなく、その語源となったモンテーニュの『エセー』につながるものだ。エセーという言葉は当初、試行や試みという意味合いが含まれていて、自分や物事を顧みて考えを巡らす人間探求の言葉でもあった。つまり哲学や文学の領域にあり、高い教養と知識に裏づけられた者が、人間観察や人生を見据えようとするものだった。それが現在では前述した意味に変化した言葉だ。

わたしたち人間が人間たるゆえんは、言葉によって構築されているからだが、遠く西洋人の思想を形作るものが、神学―哲学―文学という流れだと仮定すれば、十六世紀後半に醸し出されたエセーは、それらの支流に位置する。おのれの気になる思いから生き方を思索する。あるいは探求する。言葉こそが人生の道しるべであり、そのことを頼りにわたしたちは生きている。言葉は暗い夜の灯台の明かりでもあるのだ。その光源が、どう生きるか、なぜ生きるかという問いかけで、その光の粒子が八方に散らばり、何かあればわたしたちを立ち止まらせ思案させる。

この世に生を享け、そういったことをいくら考えても答えが出るものではないが、わたしたちは希求せずにはいられない。自分は何者なのだ？　どうしてこんな生い立ちなのだ？　深く思案しても徒労に終わるだけだが、犬が我が身の尻尾を噛もうとするように思いを巡らす。その行動がどうにもならないトートロジーだと気づいていても、考えずにいられない。そのわからない摩訶不思議の感情の中心に「神」を置いて、わたしたちは神様のおっしゃる通りだと、さもわかったふりをして生きていく。思案する気持ちの強弱は感受性の問題でもあるが、それは人生の亀裂や断層の大きさにも関わってくる。
たとえば秋山駿の人生の深い断層は何だろうと思うと、やはり少年時代に蔽い被さった戦争だろう。そのことは多くの書物にも書き残されているし、彼の思考の大元になっているとわかる。

「ただ生きる。それが三十年前の私の出発点だった。敗戦とともに新しい生の開始が始まったのだと私は思った。過去などすべて断滅しよう、そして、その後にうち続く日々がどれほど苦痛に充ちたものであるにせよ、ただ生きていてやろう」

考えるということの多くは他者について考えることではなく、おのれについて考えるということだが、秋山駿の言葉は自分の心に錘を垂らしたように内向していく。家も持たない。子も作らない。ただ生きる。その虚無的な言葉を心に刻み、最も簡単な生き方で人生を全うしようとする。そして実践した。「敗戦時には、われわれは親を見捨てた。遠方の友よ、それはたぶんわれわれに共通の経験である。そうしなければ、われわれの前途が拓けぬ、と思ったから。われわれはなにも、敗戦によって哀れな身分になった親を軽蔑したのではない。そうではない。親を捨てて、もっと正銘の、いっそう無力な場所から、新しく出発したかったからである」と言い、それが秋山駿の物事や人間を見る原点になっている。

あの東京の焼け野原と同じように、何もないところから自分自身で萌芽しようとした。最も悲惨な「戦争が種子を播き、平和がそれを花開かせる」。破壊が焼畑農業のように新しい芽を生み平和を構築すると述べ、焼け野原と自分の生き方とを重ね合わせる。感受性が最も強い時期に戦争体験をして、見るべきものを見て、自分が何者かと考え続けたのが秋山駿の一生だろう。

その自己の深考の元になったのがモンテーニュの『エセー』であり、捉え方が似ている『人生について』を書いたアンリ・フレデリック・アミエルや『幸福論』のカール・ヒルティを哲学者だとすれば、その延長線上にいる彼は紛れもなく同等の人物ということになる。肉親はその思索を遡行する一番身近な「素材」や「種子」だった。事実、断絶した肉親を思考の中心に置いて、多くのことを我が身に問いかける。逆に彼らを誰よりも意識して自己を追跡し、その思考から遠ざからない。

秋山駿が私小説作家を擁護したのも、彼らが自分の生を探ろうと書く作業がそれに似ていたからだ。西洋では今日でも、日本の私小説や短篇が「エセー」の領域と捉えられているのも、作品世界が狭く身近なもので、想像力よりも心の深度を求めていくからだ。それゆえに「エセー」と私小説は似ている。そこに秋山駿は同種の匂いを感じたのだ。

氏と私小説作家の話をしたことがあり、わたしが岩野泡鳴の話をすると、あれはすごいぞと同調したことがある。文学にのめり込み苛烈な生き方をした泡鳴は、栄養失調で子どもを失っても書くことを放棄しなかった。「文学教」の信者のような小説家だが、それは島崎藤村や葛西善蔵も似たような生き方だった。妻子を顧みない、薬の常習は当たり前、先祖伝来の土地を売りながら書く、掘っ立て小屋に住んで書く者など、彼らには狂人とも思えるような生き方をした者が多い。そこまでして突き進ませる小説とは何なのかと考えさせられるが、「文学」という名の下に露悪的と思えるような作品を書く。その心にどんな魔物が潜んでいたのか。人の心ほどわからないものはないが、そんな生き方の多い小説家の中で、彼は岩野泡鳴に共感した。

だが秋山駿は逆に何人とも関係を絶つという生き方を選んだ。女性にも無縁。金銭にも無関心。家も持たない。「なぜなら私には、土地を所有してその上に自分の家を持つということが、人間的に正しい態度であるとは、どうしても思えなかった」と吐露する。亡くなった後に書棚からばらばらとお金が出てきたと法子夫人は笑っていたが、「長い間、私の家では、お金は机の抽き出しに抛り込んでそれぞれが勝手に持ち出していた」と書くが、それが本棚にもあったということになる。その彼女を秋山駿は「私の家族といえば、女房という共同生活者がたった一人で、その営む家庭は、この団地の一室ということになる。後にはほとんど何もない」、夫人を共同生活者と呼び、結婚というより「私はただ単純に、男と女の同居生活を開始した」と述べる。

そして何一つ望まない人生を通した。「私は（中略）子供を欲しない、それは私一人の意思である。（中略）私は、彼女が誰かと子供を作ってもいいのである。私は、その子が私の子であるかのように育てるはずだ」と語り、淡々とすべてを受け入れていく心構えがある。「私は文句は言わない。この世界はどうせそんな奇妙な滑稽劇の連続に違いない、と思って、敗戦時の少年の場所から出発してきたのだから」、あるいは「私は見ていた。戦争中、街からしだいに人がいなくなり、家が無人になり、やがて焼けて、無くなってしまうところを」と、自分の思考の帰結するところがあの焼け野原の場所で、どんなことがあっても人間は生きていくし、植物は萌芽するという思いだ。自ら孤立の道を求め、修行僧のように生きた。それが思索の元になると思ったからだ。邪念や欲望を捨てた克己心の強い人だった。

その実践者の問いかけがこの『簡単な生活者の意見』だが、ここに述べられていることは秋山駿の人生そのものであり、孤高に生きた者の書でもある。本書には秋山駿が自らを作り上げている。言葉に低音の響きがあり、読者は彼の生き様を知ることによって、こういう人生を閉じたような生き方でも、反対に生きられるのだとわかるはずだ。逆説的に生きることに戸惑っている人へのバイブルになるのではないか。わたしが『エセー』と言うゆえんもここにあるが、秋山駿の著作の中で最も密度と深度があるものがこの『簡単な生活者の意見』だ。

晩年、秋山駿が癌に罹り、新所沢のリハビリテーション施設に入っていた。その近くにわたしが勤めていた大学があり、授業を終えるとよく顔を出した。たいがい氏はベッドで横になっているか、待合室でぼんやりとしていた。ある時、介護士が、この患者さんはまったくリハビリをやらないんですよ、注意してくれないかと小言を言った。

「少しはやったらどうですか」

「おまえなあ、おれにはおれの生きるスタイルがあるんだよ」

秋山駿は静かに言ったが言葉には迫力があった。わたしは言葉を失い、言い返すことができなかった。あれ以来、あの言葉は脳裏から離れることがなくなった。わたしに生きるスタイルなんてあったのだろうか。

その秋山駿の墓地は信州の須坂の浄運寺にある。八百年の歴史を誇る名刹だが、そこは母堂の実家でもある。墓地は高台にあり、須坂の町が見渡せるいいところだ。秋山駿はこの信州の空の下で、孤高に生きた人生からようやく解放された。人生には哀しみがある。

怒りもある。せつなさも思慕もある。森羅万象はわたしたちの心にある。もし哲学という言葉が人間の存在や真理について深考するものであれば、秋山駿が残した言葉は紛れもなく人間探求の哲学だとわかる。

そして氏の思索の根本には仏教思想があったのではないか。なぜなら仏教の理念に、人生は儚く虚しいという諸行無常の思いがあるからだ。戦争の廃墟、また幼くして母の死を目にして早々と人生の無常を知った。人生は苦悩に満ちている。つらさもある。迷いもある。そのことから解脱することが仏教の教えだ。秋山駿はその悟りを開くために「エセー」を書き続けた。それは修行だったのだ。書物を読めば知識や疑似経験はできる。しかし書けばもっと自己を深く見つめることができる。秋山駿は書くことを発露として生きた。その瑶光《ようこう》が『簡単な生活者の意見』だ。本書からは稀有な生き方をした彼の生き様が底光りしてくる。自分にも他者にも厳しい者が本当は一番やさしい。ここには悟りを開いた人の慈悲がある。冷徹な目で書かれた書物であるが、人生の手引書となる「エセー」だということは間違いないはずだ。

年譜　秋山駿

一九三〇年（昭和五年）
四月二三日、東京都池袋、立教大学の傍に生まれる。父登利男、母照子の二男、兄に浩。父は鉄道省の官吏、母は信州須坂市の浄運寺の三女。嫁入り道具は要らないから学費をくれと単身上京、日本女子大学国文科を卒業した。

一九三六年（昭和一一年）　六歳
右耳の中耳炎が悪化、新宿の鉄道病院で手術。準備室の笑気ガスと手術室の光景が、生の最初の記憶となる。

一九三七年（昭和一二年）　七歳
池袋第五小学校に入学。入学当日から右耳が聞こえぬために右隣の男子と喧嘩。父の転任により、鶴見、名古屋、また東京と転校の毎に同じことを繰り返す。名古屋では紀元二六〇〇年の行事が記憶に残り、太平洋戦争の開始は杉並第二国民学校五年生のとき、これも鮮明な記憶である。

一九四三年（昭和一八年）　一三歳
都立十中に入学。一年生のとき母が結核で死ぬ。二年生の途中から三鷹の日本無線に勤労動員。友人から本を借り、手当たりしだいに日本近代文学を乱読。

一九四四年（昭和一九年）　一四歳
登利男が再婚、継母は家中千賀子。

一九四五年（昭和二〇年）一五歳
八月一五日、敗戦の放送を日本無線で聞く。以後、あまり学校へ行かず、友人数名と新宿、渋谷、銀座の街を歩き回るばかり。その二年間に、中原中也、小林秀雄、ランボオ、ドストエフスキーを一挙に知る。

一九四六年（昭和二一年）一六歳
妹美智子誕生。

一九四八年（昭和二三年）一八歳
早稲田第二高等学院に入学。SL組で、これは太宰治的な小説を書きたい若者と、革命志望の青年ばかりが集う奇妙なクラスであった。早熟の文学青年清水一男を知る。彼の父の別荘が桜台にあり、その広い二階に彼は一人で住み、そこに哲学者出隆の長男出英利が同居していた。太宰治と三島由紀夫の対面を、出英利がこの家でおこなった。清水のところに沢山の本、ドストエフスキー全集あり、ヴァレリー全集ありで、私は乱読、ことに「テスト氏」に熱中した。一年後、早稲田大学文学部仏文科に移行。

一九五二年（昭和二七年）二二歳
六月、清水一男の発意によって、同人誌「批評派」を創刊。私は最初のエッセイ「石塊にはひとつの物語がある」を書く（『内部の人間』に収録）。誌面に早世した相澤諒の詩が載り、同人の一人が相澤諒論を書いた。表紙は詩人吉岡実が描いてくれたという。私は大学二年の頃から、道端から拾ってきた石ころを机に置き、いろんな問い掛けをしていた。

一九五三年（昭和二八年）二三歳
三月、大学卒業。その後三年ばかり、会社勤めができず、ただ家にいた。昼間はひとりで街を歩き回り、夜は眼の前の壁の汚点と対話するのが日課であった。壁の汚点を、ドストエフスキー『白痴』でイッポリートがいう「マイエルの家の煉瓦壁の汚点」になぞらえた。

一九五六年（昭和三一年）　二六歳
六月、報知新聞社に入社。最初文化部記者であったが、二年後、文化部は廃止、整理部に移った。整理部で直面する印刷職員の生活と意見が、私の社会勉強であった。
一九五七年（昭和三二年）　二七歳
祖母千代が、私が抱き起こした腕の中で死ぬ。私は後を継母に託し、そのまま会社へ。
一九五九年（昭和三四年）　二九歳
五月、宇都宮大学教授古川茂の長女法子と、東京西郊のひばりが丘団地に入居。親族とはすべて絶交、結婚式も結婚届もしなかった。
前年「批評派」の一部の者が同人誌「れありて」創刊。一〇月、「小松川女高生殺しとイッポリート」（第二号）を書く。
一九六〇年（昭和三五年）　三〇歳
五月、「小林秀雄」で「群像」新人文学賞評論部門を受賞。しかしその後三年ほど低迷。
また、この頃、村松剛に誘われ「批評」の同人になった。
一九六三年（昭和三八年）　三三歳
早稲田時代の友人大河内昭爾に誘われて「文学者」に、八月、中原中也論「内部の人間」、一一月、小松川女高生殺し事件を主題にした「想像する自由」（『内部の人間』に収録）を発表。この「想像する自由」が久保田正文の「文学界」の同人誌評でほめられ、また、三島由紀夫に認められたことから、文芸誌に再出発する道が開けた。
一九六四年（昭和三九年）　三四歳
一月、「イッポリートの告白」を、二月、「意識のリアリズム」を、四月、「抽象と現実」を、七月、「石塊の思想」を「文学者」に、一〇月、「小説とは何か」を「現代文学序説」に発表。「時代小説について」を一〇、一一、一二月と「文学界」に連載。よくもこんなジャンルのものを書かせてくれたといまさらに感心する。一一月、「退屈な観点」

を、一二月、「ぼくは自分をもたない」を「文学者」に発表。

一九六五年（昭和四〇年）三五歳

二月、「中原中也」を、三月、「抽象的な人間」を「文学者」に、四月、「批評は芸術か」を「批評」春季号に、六月、「いくつかの暗礁」を「文学者」に、七月、「小説に何を求めるか」を「文学界」に、九月、「抽象的なノート」を「文学者」に、一一月、「単純な人間の小説」を「群像」に、『眠狂四郎無頼控』一（新潮社）に解説「剣の魅力と柴田錬三郎」を、一二月、「私とは何か」を「審美」に発表。

一九六六年（昭和四一年）三六歳

二月、「小説のリアリティ」を「文芸」に、六月、「自己回復のドラマ―小林秀雄の一面」を「文学界」に、七月、「抽象的な生活」を「南北」に、八月、「現代小説の行方」を「群像」に、一〇月、「悪の場面」（発表時「悪の宝庫を索めて」）を「新潮」に発表。

一九六七年（昭和四二年）三七歳

一月、第一評論集『内部の人間』（南北社）を刊行。四月、「殺人考」を、八月、「内部の死」を「文芸」に発表。すこしずつ理由なき殺人の問題に近付こうとした。三月、「小説は改変する」を「文学界」に、五月、「小説は虚構か」を「群像」に、「長いものそれは何故長いか」を「文学者」に発表。小説というものに違和感があった。「何かを、もっと多くを」（発表時「私の貧乏物語」）を「潮」別冊夏季号に、九月、「八月十六日の記憶」（発表時「日本のいちばん短い日」）を「潮流ジャーナル」に。これらは戦後という時代への関心から。一一月、「小林秀雄の戦後」を「群像」に発表。

一九六八年（昭和四三年）三八歳

一月から「三田文学」で、江藤淳、大江健三郎、安部公房、三島由紀夫……と作家一六名に文学インタビュー。六九年三月まで（『対談・私の文学』に収録）。一月、「わがプルータ」を「季刊芸術」冬季第四号に、四月、「金嬉老の犯罪」を「中央公論」に、「幻影の時代」（発表時「江藤・大江絶交始末記」）を「新潮」に、「私は小説に求める」を「風景」に、六月、「沈黙は証言する」（発表時「私は盲目になろう」）を「武蔵大学新聞」に発表。「想像する自由」が『全集・現代文学の発見』（學藝書林）の第一〇巻「証言としての文学」に収録される。七月、「模索するもの」を「群像」に、八月、「笑いと貝殻」を「文芸」に、「批評の魅力」（発表時「新しい魅力がほしい」）を「三田文学」に発表。

一九六九年（昭和四四年）　三九歳

三浦哲郎に誘われて、「早稲田文学」の編集委員になり、二月号（復刊第一号）から「歩行と貝殻」を連載。七〇年二月号完。「——以下は私という単純な主格の行なうとりとめのない人形劇に過ぎない」というエッセイの第一作目で、第二作目は『内的生活』、第三作目が『舗石の思想』である。二月、「虚構・言葉・想像力をめぐって」を「文芸」に、「裸の眼と成熟」を「国文学」に、三月、「彼等はドブネズミのようだった……」（発表時「廃墟」）を「情況」に、四月、「言葉と声と思想」を「群像」に、七月、「現実は要求する、さらに深く問え」を「朝日ジャーナル」に、八月、「私こそ恐怖へ歩け」を「現代詩手帖」に、一〇月、「簡単な生活」を「季刊芸術」第一一号に、一一月、「小林秀雄と文体」を「国文学」に、一二月、「必要のない人間」を「展望」に発表。六月、『無用の告発』（河出書房新社）刊行。一〇月、『対談・私の文学』（講談社）刊行。

一九七〇年（昭和四五年）　四〇歳

二月、「貧乏人の言葉」を「風景」に発表。

三月、『抽象的な逃走』（冬樹社）刊行。四月、『歩行と貝殻』（講談社）刊行。山本美智代印刷画集『銀鍍金』に「十九歳の死」を、五月、「ヴァレリーと三島由紀夫」を「国文学」に発表。六月から「東京新聞」で文芸時評を始める（七三年一二月まで）。七月、「ドアがしまる」を「文学界」に、九月、「おかしな病気」を「新潮」に、一〇月、「わがサディスム—内的なものとしての性」を「えろちか」に、一一月、「知的接吻の記憶」を「国文学」に、一二月、「何が引き金を引かせたか」を「流動」に発表。この年は報知新聞のストライキが激しく、ロックアウトも経験した。一一月、三島由紀夫の自決にショックを受け、ささやかな決心をして一二月、会社を辞めた。

一九七一年（昭和四六年）　四一歳

一月、「英霊の声・憂国」を「新潮・三島由紀夫読本」に、二月、「三島由紀夫語録」（発表時「〈三島語録〉その精神の軌跡」）を「文芸春秋」に発表。これは七〇年の「ヴァレリーと三島由紀夫」（「国文学」）の延長上にあるもの。四月、「群像」編集長の命令で日本大学芸術学部の非常勤講師になる。伊藤礼に教室の作法を教えられた（七九年まで）。小川徹の誘いで、自分でも意外な文章、「裸と壁」（四月）、「裸と棘」（六月）を「映画芸術」に、「想像のなかの悪」（八月）を「えろちか」に書いた。六月、高橋和巳『我が心は石にあらず』の解説を新潮文庫に、七月、「同世代の人」を「文芸・高橋和巳追悼特集号」に、八月、『埴谷雄高作品集』２（河出書房新社）の解説、「小林秀雄の『神』」を「すばる」に、九月、大江健三郎『叫び声』（講談社文庫）の解説、一〇月、高橋和巳『暗黒への出発』（徳間書店）の解説を書く。一一月、『時が流れるお城が見える』（仮面社）刊行。

一九七二年（昭和四七年）　四二歳
四月、早稲田大学文学部文芸科の非常勤講師になる（七九年まで）。時代の変わり目だったのだろう、現実の方が文学より鋭い問いを発していたので、「女を裸にして鞭で打つこと」（「ユリイカ」四月）「架空の行為と死」（「三田文学」六月）「渇いた心の語るもの」（「朝日ジャーナル」六月）「原形的な人間の声」（「日本読書新聞」）「特性のないヒーロー」（「現代の眼」一一月）などを書いた。七月、「遠い蝉の記憶」を従兄が始めた「信州の旅」に書き、母親の出身地信州との交流が復活する。一〇月、『考える兇器』（冬樹社）刊行、タイトルは磯田光一の命名である。「簡単な生活」が「The Simple Life」として三島由紀夫編集の『New Writing in Japan』（ペンギンブックス）に収録された。
一九七三年（昭和四八年）　四三歳
全共闘自主講座派の大学教授が集う塾「寺小屋」に文学の講師として参加。個性ある現代っ子達と出遭う。一月、『小林秀雄と中原中也』（レグルス文庫）刊行。また長田弘の要請で一月から「早稲田文学」に新聞の犯罪記事の抜粋を「私の犯科帳」として連載（一二月完結）。五月、『秋山駿批評Ⅰ　定本　内部の人間』（小沢書店）刊行。一〇月、『大岡昇平全集』（中央公論社）の月報に「生の公式」（発表時「大岡昇平ノート」）を連載（七五年完結）。
一九七四年（昭和四九年）　四四歳
一月、「団地通信1　生真面目な喜劇の時代」を「週刊読書人」に発表（以後毎年一回のペースで九三年まで）。三月、「内的生活」を「群像」に連載開始（一二月まで）。五月、父登利男死す。日本文芸家協会編の短編アンソロジー『文学１９７４』に序文「現代の『私』とは何か」（発表時「一九七三年の文学概説」）を書く。このアンソロジーの編集には以前以後とかなり長く参加した。六月、『地下室の手記』（徳間書店）刊行。これは昔のノートの残りを活字化したもの。タイトルは編集者の命名、私案ではただ「ノート」であった。

一九七五年（昭和五〇年）四五歳

二月、『秋山駿文芸時評―現代文学への架橋』（河出書房新社）刊行。四月、『内的生活』（講談社）刊行。五月、「簡単な生活者の意見」を「伝統と現代」に発表。六月、『言葉の棘』（北洋社）、『秋山駿批評Ⅱ　歩行と貝殻』（小沢書店）刊行。七月、「知れざる炎―評伝中原中也」を「文芸」に連載開始（七七年八月完結）。一〇月、瀬戸内晴美『花芯』（文春文庫）の解説を書く。一一月、『文学への問い（第一対談集）』（徳間書店）刊行。

一九七六年（昭和五一年）四六歳

一月、「神々しいプラトン」（岩波書店『プラトン全集』11の月報）、「善と悪の問題」（岩波講座『文学』2）、「転回点にきた内向の世代の文学」（「読売新聞」）、「戦災孤児の視点―野坂昭如の文学」（『批評のスタイル』所収）を発表。三月、「志賀直哉の『私』について」（「国文学」）、六月、「20代作家の登場―村上龍、高橋三千綱、中上健次」（「読売新聞」）、八月、「『戦後』に飽きた文学」（「朝日新聞」）を書く。八月、『秋山駿批評Ⅲ　壁の意識』（小沢書店）刊行。九月、「少女小説礼讃―吉屋信子と佐々木邦」（「現代詩手帖」）、一〇月、「犯罪の形而上学」（「月刊エコノミスト」）、一一月、「デカダンスの人―ニーチェ」（「現代思想」臨時増刊）、「簡単な死」（「伝統と現代」）を発表。

一九七七年（昭和五二年）四七歳

一月、「読売新聞」の文芸時評を担当（八一年一二月まで）。四月、「自分が嫌いな人間―キルケゴール」（「現代思想」）、「都市の犯罪（あるいは光と影）」（「GRAPHICATION」）、七月、中上健次との往復書簡「衰弱した者から元気な病人へ」(「伝統と現代」)など。『架空のレッスン』(小沢書店)刊行。九月、「年増女の風情・ひばりが丘団地」(「週刊読売」)、「心の化学―ドストエフスキーと私」(学習研究社『世界文学全集』37の解説)を発表。一〇月、『知れざる炎―評伝中原中也』(河出書房新社)刊行、長谷川泰子との対談「中也・在りし日の夢」(「国文学」)。

一九七八年(昭和五三年) 四八歳

二月、松原新一、磯田光一との共著で『現代の文学 別巻―戦後日本文学史・年表』(講談社)刊行。私の担当は一九六〇年以降だったが、この仕事が苦手で、大いに苦労、文学史というよりエッセイ調になってしまった(八三年中国語訳、上海で刊行)。四月、中村雄二郎の要請で、M・フーコーを囲んでのターブル・ロンドに「日本の文学と犯罪、そして、一人の犯行者について」を発表。五月、「新しい時代の駄々っ児―中上健次論」(「新潮」)、七月、「団地という町」(「現代詩手帖」)、一一月、『三浦哲郎自選短篇集』(読売新聞社)の解説、一二月、佐木隆三『復讐するは我にあり』(講談社文庫)の解説を書く。一二月、『批評のスタイル』(アディン書房)刊行。この本には、私の主題である「ノートの精神」を、石原吉郎、吉増剛造などの詩をめぐって展開した文章が収められているが、何時、どこへ書いたものか忘れてしまった。

一九七九年(昭和五四年) 四九歳

一月、「悲劇への意思」(初出時「ノートの精神」)を「文芸」に発表。『内的な理由』(構想社)刊行。三月、「舗石の思想」を「群像」に連載開始(八〇年七月完結)。また、中原中也の小評伝(集英社『日本の詩』12)を書く。四月、「忘れ去られた『戦争』」(「文学界」)、これは日本の〝無条件降伏〟という表現をめぐっての江藤淳の批判に対する私の返事。六月、「この男は恐るべきだ―『歎異抄』を読む」(「現代思想」)を書く。一〇月、東京農工大学一般教養部教授(文学担当、九三年まで)、また野間文芸新人賞の選考委員を務めるようになる。一一月、『文学の目覚める時(第二対談集)』(徳間書店)刊行。

一九八〇年(昭和五五年)　五〇歳

一月、「お金と近代化」(「文学界」)、二月、「団地通信7市民は政府の玩具」(「週刊読書人」)、八月、「朝鮮―切れ切れの出会い」(「季刊三千里」)を発表。一一月、『舗石の思想』(講談社)刊行。

一九八一年(昭和五六年)　五一歳

三月、『秋山駿批評Ⅳ 内的生活』(小沢書店)刊行。七月、『前登志夫歌集』(小沢書店)の付録に「そう、一足ごとの木靴の音」、九月、「溶解から創造へ―開高健の文学」(「新潮」)、一〇月、「『犯罪』への意思」(「群像」)、「三度目の『大菩薩峠』」(富士見時代小説文庫の解説)を発表。

一九八二年(昭和五七年)　五二歳

二月、「身障児の赤ん坊」(「群像」)、五月、『本の顔 本の声』(福武書店)刊行、これは七三年から丸谷才一の誘いで参加した「週刊朝日」の書評を収めたもの。七月、『生の磁場―文芸時評 1977～1981』(小沢書店)刊行。八月、「『プルターク英雄伝』」(「読売新聞」に四回)、九月、「こころの詭計―嘉村礒多による問い」(「新潮」)、一一月、「『病者』について」(「文学界」)、「『犯罪』について」(「文芸」)を発表。

一九八三年(昭和五八年)　五三歳

一月、「魂と意匠―小林秀雄」(「群像」)の連載を始める(八五年四月完結)。途中、小林秀雄の死によって、三月、「小林秀雄氏の魅力」(「朝日新聞」)、五月、「時を打たない時計」（「群像」）、「小林秀雄の現代性」（「文学界」）など発表。「文学の『暗室』」（発表時「日本における犯罪文学の先駆」、正宗白鳥『人を殺したが…』福武書店の解説）、八月、中野孝次『苦い夏』（河出文庫）の解説、一〇月、「単調な人間」（「文学界」）を書く。『こころの詭計』（小沢書店）刊行。

一九八四年（昭和五九年）五四歳
一月、「一頁時評」を「文芸」に連載（一二月完結）。

一九八五年（昭和六〇年）五五歳
三月、「石ころへ」を「季刊手紙」に、九月、「兄の死」、一一、一二月に「家と女たち」（二回）を「新潮」に発表。一一月、『魂と意匠—小林秀雄』（講談社）刊行。

一九八六年（昭和六一年）五六歳
四月から慶応大学久保田万太郎記念講座の中の「現代芸術」という科目の「前期」を担当。三月、「『私とは何か』—埴谷雄高の『発見』」（『言論は日本を動かす』2 講談社）、五月、「夫婦と私」（「新潮」）、この夏、「寺小屋」の生徒川端光明に連れられて三泊の韓国旅行をし、その印象「えん—円—韓国旅行」（「えん」創刊号、一一月）、一〇月、「批評の一本の簡単な線」（「群像」）、「『罪の感覚』の創造—遠藤周作の懐疑」（「解釈と鑑賞」）を発表。

一九八七年（昭和六二年）五七歳
一月、「毎日新聞」の文芸時評を始める（九三年四月まで）。二月、「韓国旅行のちぐはぐ」（「海燕」）、三月、「内なる高層ビル」（「KAWASHIMA」）、四月、「賢兄愚弟—磯田光一の死を悼む」（「群像」）、九月、「陸沈の人—深沢七郎逝く」（「週刊読書人」）、一〇月、「新しい私小説へ」（「群像」）を発表。前年の慶大の講義を『恋愛の発見—現代文学の原像』（小沢書店）として刊行。

一九八八年（昭和六三年）五八歳

一月、『簡単な生活者の意見』（小沢書店）刊行。四月、「単純なものと豊富なもの」（「すばる」石川淳追悼号）、五月、「煙りが眼にしみる―嫌煙権」（「新潮」）、「命の細い糸筋―嘉村礒多『再び故郷に帰りゆくこころ』」（「群像」）、書評「藤沢周平『蟬しぐれ』」（「週刊朝日」）、九月、「誤解される人（追悼中村光夫）」（「群像」）、一二月、「信長、大うつ気の心」（「海燕」）を発表。

一九八九年（昭和六四年・平成元年）五九歳

一月から「人生の検証」を「新潮」に連載（一二月完結）。一月、「団地の感覚」を「読売新聞」に短期連載（全五回）、「いわく不可解―私にとっての『昭和』」（発表時「得体の知れぬ感覚」、「毎日新聞」）、三月、「矜持に満ちた生―大岡昇平追悼」（「群像」）、七月、「文章の徳（追悼阿部昭）」（「群像」）を発表。八月、「『ユニークな個性』に触れる―九州芸術祭と私」を「西日本新聞」に。思えばずいぶん前から、九州・沖縄文学賞改め九州芸術祭文学賞の選考委員になっていた。また、かなり前から毎日芸術賞諮問委員であり、しばしば芸術選奨文学部門の選考委員であった。

一九九〇年（平成二年）六〇歳

一月、「床しい言葉に渇く（往復書簡・中野孝次さんへ）」（「群像」）、二月、書評「時代の鏡―江藤淳『全文芸時評』」（「新潮」）、三月、小林秀雄『栗の木』（講談社文芸文庫）の解説、『人生の検証』（新潮社）刊行（第一回伊藤整文学賞になる）。四月、三浦哲郎『野』（講談社文芸文庫）の解説、七月、永山則夫『無知の涙・新版』（河出文庫）の解説、八月、『柴田錬三郎選集』18（集英社）に解説「魂の炎」を書く。私はこの選集の編集委員であった。一二月、「私というものを殺す人―追悼永井龍男」（「文学界」）、『永山則夫の獄中読書日記』（朝日新聞社）の解

説、『時代小説礼讃』（日本文芸社）刊行。

一九九一年（平成三年）六一歳

一月、「批評と還暦」（「群像」）、「日本の『純白』の恋」（「国文学」）、四月、「自虐する作家・川端康成―『一草一花』」（「読売新聞」）、五月、『知れざる炎』が講談社文芸文庫になる。七月、「深淵を覗く思い―ギリシア悲劇」を『ギリシア悲劇全集』6（岩波書店）の月報に、藤沢周平『蟬しぐれ』（文春文庫）の解説。九月一六日から二九日まで、日中文化交流協会の訪中作家代表団として、三浦哲郎団長、高井有一、黒井千次と訪中、まったくの異国を見るようでもあり、既視感があるようでもあり、感覚が混乱した。中国の作家陳喜儒を識る。九月、「路上の櫂歌1少年」（「ポエティカ」）、隆慶一郎『一夢庵風流記』（新潮文庫）の解説、一〇月、書評「人生の謎―安岡章太郎『夕陽の河岸』」（「新潮」）を発表。

一九九二年（平成四年）六二歳

三月、横光利一『寝園』（講談社文芸文庫）の解説、四月、書評「『芒克詩集』」（「L&G」）、ねじめ正一『高円寺純情商店街』（新潮文庫）の解説、五月、「信長」（「新潮」）の連載を始める（九五年一〇月完結）。一〇月、「中上健次の思い出（追悼中上健次）」（「群像」）、一二月、「大きな言葉と小さな言葉」（「文芸・中上健次追悼特集」）、「『大連港で』を読んで」を『清岡卓行大連全小説集』上巻（日本文芸社）の月報に。

一九九三年（平成五年）六三歳

一月、「病者の感覚」（「群像」）、「大いなる文学の実験者―安部公房氏を悼む」（「読売新聞」）、団地通信の最終回「『怨望』の時代がはじまる」（発表時「幻想の剝落するとき」、「週刊読書人」）、「路上の櫂歌」最終回「偶然」（「ポエティカ」）、『三浦綾子全集』11（主婦の友社）に解説、六月、佐木隆三『身分帳』（講談社文庫）に解説。九月一七日より二六日まで、日中文化交流協会の訪中作家代表団の一員として、三浦哲郎団長、田沼武能らと訪中、京劇の学校がおもしろかった。一一月、萩原朔太郎賞の選考委員になったので、選評「心に滲み入る言葉—谷川俊太郎『世間知ラズ』」（「新潮」）など。

一九九四年（平成六年）　六四歳

一月、「砂粒の私記」（「群像」）の連載を始める（九六年九月完結）。四月、「林檎と蛇」（「別冊文芸春秋」春季号）、「厭な奴の話」（「リテレール別冊⑥モーツァルトを聴く」）、六月、「生の伴侶としてのドストエフスキー」（「ロシア手帖」）、八月、『路上の櫂歌』（小沢書店）刊行、一〇月、「花袋は死なず、生きている」を『定本花袋全集』18（臨川書店）の月報に発表。

一九九五年（平成七年）　六五歳

四月、法政大学文学部日本文学科の非常勤講師になる（九六年まで）。「怖るべき親切」を『大岡昇平全集』7（筑摩書房）の月報に、六月、中国作家陳喜儒の「日本の純文学に関するレポート」への返信、九月、『大岡昇平全集』12の解説「恋愛、および現代性の研究—『愛について』を巡って」など。

一九九六年（平成八年）　六六歳

一月、「私—生に穿たれた底無しの穴」（「ビオス」2）、川端康成『たんぽぽ』（講談社文芸文庫）に解説「不思議な作家」、『渡辺淳一全集』12（角川書店）に解説「『現代性』の音調を叩く」、『漱石全集』第一七巻（岩波書店）の月報に「私は困らせられた……」、二月、『岩野泡鳴全集』第五巻（臨川書店）の月報に「額に徴しをもつ者」、三月、『松本清張全集』66（文芸春秋）に解説「『途方もない』作家」、『信長』（新潮社）刊行（野間文芸賞、毎日出版文化賞になる）、七月、「信長の鉄張りの船」を「季刊文科」第一号に、八月、「批評と和菓子」を「あき味」に書く。『人生の検証』が新潮文庫になった。一〇月、岩阪恵子『淀川にちかい町から』（講談社文芸文庫）に解説。同月、日中文化交流協会による訪中、三浦哲郎団長、高橋昌男、増田みず子らと、昆明の人と風俗に非常な親しさを感じた。

一九九七年（平成九年）　六七歳

一月、「昆明の美少女」を「波」に、『信長発見（対談とエッセイ）』（小沢書店）刊行。埴谷雄高の死を悼んで、四月、「『死霊』を読んだ頃」（「群像」）、六月、「三輪与志の孤独」（「情況」）を書く。七月、「お寺の記憶」を「月刊住職」に、八月、「永山則夫への懐疑」を「朝日新聞」に、川崎長太郎『抹香町・路傍』（講談社文芸文庫）に解説、佐木隆三『死刑囚 永山則夫』（講談社文庫）の解説、稲葉真弓『エンドレス・ワルツ』（河出文庫）の解説、『信長 秀吉 家康（岳真也との対談）』（廣済堂出版）刊行。九月、『砂粒の私記』（講談社）刊行。一〇月、「行きつ戻りつ」を「日本経済新聞」に連載（毎週日曜日、九八年三月完結）、「『地獄の季節』―新しい私を発見せよ、という」を『世界文学のすすめ』（岩波文庫別冊）に。一一月、井伏鱒二『夜ふけと梅の花・山椒魚』（講談社文芸文庫）の解説。四月から武蔵野女子大学文学部日本文学科の教授になった。履歴・業績などを細々と書かねばならぬので、そんな世の中になったかと思う一方、大いに閉口した。あわてて思い起こしてみると、これまで記してきた文学賞の他に、次の選考委員をしていた。川端康成文学賞、舟橋聖一青年文学賞、木山捷平文学賞、大阪女性文芸賞、らいらっく文学賞、日本農民文学賞。遠い昔には「群像」新人文学賞もやった。さらに付け加えると、よみうり文化センターの文学教室、朝日カルチャーセンターの小説教室の講師であり、毎年夏浄運寺で開かれる無明塾に中野孝次、窪島誠一郎と並んで講師であり、「朝日新聞」の書評委員を二年ばかり務めたり、ペンクラブ「JLT」の編集委員であったりした。すべて、何時始まって、どこで終わったのか、よくは記憶していない。一二月、日本芸術院会員になる。

一九九八年（平成一〇年）　六八歳

一月、「神経と夢想―『罪と罰』について」（「群像」）の連載を始める（二〇〇二年四月完結）。三月、「婆さん―江戸の面影」を「武蔵野日本文学」に。四月、『作家と作品―私のデッサン集成』（小沢書店）刊行。六月、中国の東北地方へ往く。高井有一団長、高橋昌男、笠原淳、立松和平、佐藤洋二郎、久間十義らと。ハルビン、大連の人と街に強い印象を受けた。九月、嘉村礒多『業苦・崖の下』（講談社文芸文庫）に解説。

一九九九年（平成一一年）　六九歳

一月、「余談・閑談」を「新潮」に、『徳田秋聲全集』第一七巻（八木書店）に解説「仮装と真実」、三月、「『家族シネマ』―崩壊家族とは」を「武蔵野日本文学」に、六月、「傷から咲いた花」を「新潮」に、佐藤洋二郎『夏至祭』（講談社文庫）に解説、江藤淳の死によって一〇月、「人生斫断の人」（「新潮」）、「江藤淳の死」（「群像」）。一一月、「批評の透き間」（「季刊文科」）の連載を始める。一二月、『信長』が新潮文庫になった。

二〇〇〇年（平成一二年）　七〇歳

一月、「漱石と江藤淳―二つの生」を「波」に、三月、「中原ならどう読む?」を中原中也記念館・館報に、「『秘められた批評』という領域」を「武蔵野日本文学」に、『新編中原中也全集』第一巻（角川書店）月報に「精神のドラマ」を、四月、「何でもないことを書く」を「新潮」に。六月より二ヵ月に一回の「時代小説評判記」（「東京新聞」）を始める（〇三年五月まで）。良い時代小説は心をさわやかにするものであった。八月、「『山の人生』へ一言」（「批評の透き間」4）を「季刊文科」に書く。一一月、『小田切秀雄全集』別巻（勉誠出版）に「内向の世代から」を書き、『信長 秀吉 家康』が学研M文庫になった。

二〇〇一年（平成一三年）七一歳

三月、武蔵野女子大学を定年退職。四月、四〇年住み馴れたひばりが丘団地の賃貸2DKが建て替えになるので、歩いて一〇分くらいの都市公団賃貸3LDKに引っ越す。一四階で見晴らしはいいが、この年齢の引っ越しは大騒ぎで、いまもって何一つ片付かず、手帳、メモ、紙片、掲載誌がどこにどうあるのか見当らない。一月、『瀬戸内寂聴全集』（新潮社）の月報に「小説家の誕生」の連載を始める（〇二年完結）。三月、『世界の中の三島由紀夫』（勉誠出版）に「三島由紀夫とヴァレリー」、八月、「漱石の『こころ』は奇妙だ」（「批評の透き間」7）を「季刊文科」に、九月、金庸『碧血剣』（徳間文庫）に解説を書く。一〇月、『片耳の話』（光芒社）刊行、『志賀直哉全集』補巻3（岩波書店）の月報に「『暗夜行路』と私」を、一一月、「臓器移植と人肉食い」を「大法輪」に、一二月、「懐しい顔—追悼・畑山博」を「文学界」に、一二月、「『暗夜行路』と『罪と罰』」（「批評の透き間」8）を「季刊文科」に。

二〇〇二年（平成一四年）七二歳

四月、武蔵野女子大学文学部日本語・日本文化研究科客員教授に招かれる。文学部にくる女性は、卒業論文より卒業制作（小説）を望む者が多くなったからであろう。四月、「出て来い、内田魯庵や山路愛山」（「批評の透き間」9）を「季刊文科」に。そのあと中国の戦争の天才を描く宮城谷昌光『奇貨居くべし』（中公文庫）、五月、宮城谷昌光『楽毅』

（新潮文庫）の解説、六月、『大城立裕全集』5『日の果てから』（勉誠出版）と解説がつづいた。七月、「批評だって芸術なのだ」を『小林秀雄全集』別巻Ⅱ（新潮社）に書く。九月、『舗石の思想』（講談社文芸文庫）を刊行。日中文化交流協会の一員として訪中、北京や上海のシンポジウムに参加、中国作家の声の多様性に時の流れを感じた。また、「戦後残照」（「日本経済新聞」）の連載を始める（一二月まで）。

二〇〇三年（平成一五年）七三歳

一月、「中国十日間の印象」を「新潮」に、「新しい魅力を創造―井上雄彦『バガボンド』」を「週刊読書人」に、髙村薫『マークスの山』（講談社文庫）の解説。二月、自分の心が生きたラスコーリニコフを描く『神経と夢想―私の「罪と罰」』（講談社）を刊行（第一六回和辻哲郎文化賞を受けた）。三月、文芸時評「今日という時代の空気」を「群像」に、六月、「炭焼き、農地解放、法然」を「季刊文科」に。『信長発見』（朝日文庫）を刊行。七月、「文学の葉脈（のち『私小説という人生』と改題）」（「新潮」）の連載を始める。老齢になって文学への恩返しのつもり（〇六年五月完結）。中村光夫・三島由紀夫『対談・人間と文学』（講談社文芸文庫）の解説「対談による精神のドラマ」。九月、「わが街わが友」（「東京新聞」）の連載（全一〇回）、「少年の理由なき殺人と文学」を「西日本新聞」に（発表時「少年の理由なき殺人」）。一一月、「文学は衰退しているか」を「季刊文科」に。

二〇〇四年（平成一六年）七四歳

一月、川村二郎、加藤典洋と「創作合評」（「群像」）。「美文の深さ、怖ろしさ」を「抒情文芸」に、二月、「フセインと『罪と罰』」を「季刊文科」に、三月、「始皇帝と信長」を「現代詩手帖」に、四月、「小説は今日の中身描く―芥川賞の二作を読んで」（「朝日新聞」）を書く。八月、富岡幸一郎の活発な議論に触発された『信長と日本人―魂の言葉で語れ！』（飛鳥新社）を刊行。「拉致問題をめぐって」を「季刊文科」に、九月、「赤とんぼ」を「小説現代」に。一〇月、「中野孝次・良く生きた人」を神奈川近代文学館・館報に。『小説家の誕生　瀬戸内寂聴』（おうふう）刊行、聴くということが物語の原点であり、女性的なものであると感じた。一一月、旭日中綬章を受ける。一二月、痛くなかったので、からだの衰弱を老化と錯覚、突然胃ガンと言われ、東京医科歯科大学附属病院に入院、腹腔鏡手術にびっくり、一ヵ月弱で退院した。

二〇〇五年（平成一七年）七五歳

一月、『批評の透き間』（鳥影社）を刊行。五月、「風俗を描く凄さと巨きさ―丹羽文雄の文学」を「毎日新聞」に、七月、「信州の自然の救い」を「信州の旅」最終号に、九月、『小林秀雄対話集』（講談社文芸文庫）に解説「潔い、男らしい声」、「『倦怠』へと到るとき」を「季刊文科」に、一〇月、「花袋の従軍記と震災日記」と「戦後の還暦、『贅沢』の変化」を二日つづきで「東京新聞」に書く。また、「三浦哲郎の私小説家魂」を『作家生活50年　三浦哲郎の世界』（デーリー東北新聞社）に寄稿。一一月、大学のあり方評価委員（私学連盟）を務める。一二月、妻・法子が重い帯状疱疹を患い閉口する。

二〇〇六年（平成一八年）七六歳

一月、元日の夕、痛さ募った法子を医科歯科大病院の救急窓口へ。六日から一ヵ月ばかり入院。「薄田泣菫の随筆」など四編を俳句誌「狩」に。何でもないことを書く随筆がわたしには大切になった。三月、武蔵野大学（武蔵野女子大学を改称）を退職。四月、「女子大でのお笑い種・続々」を「季刊文科」に、五味康祐『柳生武芸帳』（文春文庫）に解説。五月、宮城谷昌光『香乱記』に解説。六月、「生のスタイル（奥野健男さんのこと）」を奥野展のパンフレットに。七月、「ちあきなおみの歌を聴いて」を「季刊文科」に、歌声の深さにやっと気が付いた。一〇月、「戦争の子、東京の子―追悼・吉村昭」を「群像」に。一一月、NHKラジオ「私の日本語辞典」に出演、「自己をみつめることば」（全四回）。座談会「藤沢周平の魅力を語る」（週刊「藤沢周平の世界」創刊号・朝日新聞社）に参加。一二月、『私小説という人生』（新潮社）を刊行。

二〇〇七年（平成一九年）　七七歳

一月、「遠方の友へ」を「群像」に。三月、西部邁、富岡幸一郎との座談「人生の表現、魂の描写」を「表現者」に。同月、早稲田大学から芸術功労者の表彰を受ける。四月、「生の歩行と共に（中原中也）」を「現代詩手帖」に、五月、粟津則雄と対談「私のドストエフスキー」（「三田文学」）、「『私小説という人生』余談」を日本近代文学館・館報に、六月、山本兼一『火天の城』（文春文庫）に解説、七月、「東京に悪の華を」（「法政文芸」）で、わが青春時の思い出を懐しく振り返った。（著者編）

九月、対談「『私』という思考」（井口時男）を「文芸思潮」に掲載、『内部の人間の犯罪』（講談社文芸文庫）を刊行。一〇月、「忠臣蔵」を「波」に連載開始（〇八年九月完結）、「二つの文言」を「弦」創刊号に発表。一一月、座談会「昭和文学（戦後～昭和末年）ベストテン［小説篇］」（井口時男、富岡幸一郎、田中和生）を「三田文学」秋季号に、座談会「日本人に『出アメリカ』は可能なのか」（西部邁、佐藤洋二郎、富岡幸一郎）を「表現者」に掲載。一二月、座談会「中原中也―陥没の場所で聴く世界の響き」（吉増剛造・坂本忠雄［聞き手］）を「en-taxi」に掲載、「わが生の懐い」（「批評の透き間」23）を「季刊文科」に、「お酒が呑めず、残念」を「日本経済新聞」に発表。

二〇〇八年（平成二〇年）　七八歳

一月、座談会「『内部の人間』から始まった―秋山駿氏を囲んで―」（松本徹、井上隆史、山中剛史）を三島由紀夫研究⑤「三島由紀夫・禁色」（鼎書房）に掲載。三月、「『普通』が輝くとき」（「批評の透き間」24）を「季刊文科」に発表。五月、「日本経済新聞」夕刊（木曜日）「プロムナード」にエッセイを連載開始（第一回「宮本武蔵と女性」、全二七回で一二月二二日完結）。六月、「生への深い怖れ（追悼・小川国夫）」を「新潮」に発表。七月、「『秋山駿・高井有一』展―ふたりの『早稲田大学芸術功労者』の歩み」が早稲田大学大隈記念タワー記念展示室にて開催（一日～八月三日、主催・早稲田大学文化推進部、協力・早稲田文学）、「大河内昭爾と同人雑誌評」（「批評の透き間」25）を「季刊文科」に発表。九月、「東京新聞」に齋藤愼爾『寂聴伝 良夜玲瓏』の書評「豊かな創作世界の原点」を掲載。一〇月、「『描写』の力を知った」（「批評の透き間」26）を「季刊文科」に発表、一一月、「お墓を建てる」を「松柏」に寄稿、対談「団地と文学」（原武史）を「群像」に、座談会「『死』にまつわる『詩』と『私』と『史』」（正津勉、西部邁、富岡幸一郎）を「表現者」に掲載、『忠臣蔵』（新潮社）を刊行する。一二月、「永遠を聴く一本の管」を「ヤママユ」（前登志夫追悼特集）に発表。

二〇〇九年（平成二一年）　七九歳

一月、「私小説と私哲学」（「批評の透き間」27）を「季刊文科」に発表。二月、「『生』の日ばかり」の連載を「群像」で開始する。三月、「心の故郷―自然」を「季刊第二次 悠久」に発表、「言葉は未知の扉を開く―『中原中也詩集』、ランボオ『地獄の季節』（小林秀雄訳）、『吉増剛造詩集』」を「現代詩手帖」に発表、井出彰との対談「現在《こんにち》とドストエフスキーと秋山駿と」を「情況」で連載開始（一〇年四月の第五回で完結）、インタビュー「私小説は〈革命〉」を「私小説研究」第10号（法政大学大学院私小説研究会）に掲載。四月、「お墓を建てる」を「文芸春秋」に、「小説から『生活』が消えた」（「批評の透き間」28）を「季刊文科」に、「食卓の歓談」を「四季の味」に発表。五月、『信長』のハングル訳が刊行される。六月、「文学に望む」を「日中文化交流」に、「嫌煙権―消えゆく『談笑の友』」を「読売新聞」に発表、富岡幸一郎との共同編集で『私小説の生き方』（アーツアンドクラフツ）を刊行。七月、「美空ひばりの歌声」（「批評の透き間」29）を「季刊文科」に、「神探しと自伝詩（辻井喬）」を「現代詩手帖」に発表、対談「人生の滋味掬すべし―言葉と時間と物語」（西部邁、司会・富岡幸一郎）を「表現者」に掲載。一〇月、「私小説―随読随感」（「批評の透き間」30）を「季刊文科」に掲載。一一月、佐木隆三『復讐するは我にあり 改訂新版』（文春文庫）に解説を執筆。

二〇一〇年（平成二二年）　八〇歳

四月、安原喜弘『中原中也の手紙』（講談社文芸文庫）に解説「微妙にして深い交遊」を収録。五月、「信仰心は、何処から」（「批評の透き間」31）を「季刊文科」に発表。八月、「自分の半生と衝突」（「批評の透き間」32）を「季刊文科」に発表。一一月、「三浦哲郎さんを送る（追悼三浦哲郎）」を「新潮」に、「神経症的な生の気分」（「批評の透き間」33）を「季刊文科」に発表。

二〇一一年（平成二三年）八一歳
一月、対談「未曾有の人間 信長の感性を見よ」（石原慎太郎）を「中央公論」に、座談会「同人誌のころ―これからの書き手へ」（黒井千次、高井有一）を「江古田文学」に掲載。二月、「正月テレビ時代劇」（「批評の透き間」34）を「季刊文科」に発表。三月、一一日、東日本大震災で自宅のリビングの本棚が倒壊、幸い本人、妻・法子ともに外出しており無事。「毎日新聞」小松やしほ記者の取材を受け、二四日夕刊に「巨大地震の衝撃日本よ！―この国はどこへ行こうとしているのか『凝視と表現 原点に』」が掲載。その後地震の体験は、「『生』の日ばかり」（第二六回、「群像」五月号）に克明に記される。同月、吉村昭『月夜の記憶』（講談社文芸文庫）に解説「一身にして二生を経る」が収録。五月、「私哲学の流れ」（「批評の透き間」35）を「季刊文科」に発表、佐伯剛正『一九七二年 作家の肖像』（清流出版）に『肉体』の言葉」を寄稿。七月、「ノートからの出発」を「本」に発表、『「生」の日ばかり』（講談社）を刊行（二〇一〇年一二月号までの「群像」連載をまとめたもの）。八月、「『暗夜行路』と私哲学」（「批評の透き間」36）を「季刊文科」に発表。一〇月、情況新書『ドストエフスキーと秋山駿と』（井出彰と共著）を世界書院から刊行。一一月、「『受苦』の思想」（「批評の透き間」37）を「季刊文科」に発表、大河内昭爾『わが友 わが文学』（草場書房）に「懐しい日々」の文章を寄せる。

二〇一二年（平成二四年）八二歳
二月、「樋口一葉と批評文」（「批評の透き間」38）を「季刊文科」に発表。三月、「命の杖」を「季刊健康」に発表、歴史時代作家クラブ賞選考委員長を引き受ける。五月、「ドラマや小説探し」（「批評の透き間」39）

を「季刊文科」に発表。八月、「小林静枝さんの思い出」を「松柏」に、「歴史時代作家クラブでの失敗」(「批評の透き間」40)を「季刊文科」に発表。九月、瀬戸内寂聴へのインタビュー「もう、書けなくてもいい―文学と人生を振り返って」を文芸別冊「瀬戸内寂聴」に掲載。一一月、「『描写』と『説明』」(「批評の透き間」41)を「季刊文科」に発表。一一月二五日夕方に、散歩の帰り道、団地前の交差点で自転車の接触事故に遭う。救急車で保谷厚生病院に搬送される(入院はせず、約二ヵ月の通院)。この事故は妻・法子の手術前日で、法子は小平市の公立昭和病院に入院中(一一月一九日から一二月一〇日)の出来事だった。

二〇一三年(平成二五年) 八三歳

二月、三浦哲郎『おふくろの夜回り』(文春文庫)に解説が収録。四月、「『私哲学』の人(追悼安岡章太郎)」を「文学界」に発表。同月、「『生』の日ばかり」第四九回を「群像」に発表(二月下旬脱稿のこの原稿が最後の執筆となった)。一〇月二日、一六時過ぎに容態悪化し、田無病院に緊急入院。二三時二九分、同院にて死去。死因は食道がん。妻・法子、妹・大石美智子に看取られる。一〇月六日、シティホールひばりヶ丘において近親者のみの通夜を行う。喪主は妻・法子。佐木隆三、北九州市から駆け付ける。一〇月七日、同所にて近親者のみの葬儀・告別式を行う。

二〇〇七年九月以降については、『私の文学遍歴』(二〇一三年一二月、作品社)に収録された桶健治氏作成の年譜を参照しました。

(編集部)

著書目録

秋山駿

【単行本】

内部の人間 昭42・1 南北社
無用の告発―存在のための考察 昭44・6 河出書房新社
抽象的な逃走 昭45・3 冬樹社
歩行と貝殻 昭45・4 講談社
時が流れるお城が見える 昭46・11 仮面社
内部の人間（新装版） 昭47・2 晶文社
考える兇器 昭47・10 冬樹社
小林秀雄と中原中也（レグルス文庫） 昭48・1 第三文明社
作家論 昭48・11 第三文明社
地下室の手記 昭49・6 徳間書店
時が流れるお城が見える（改訂版） 昭49・10 仮面社
秋山駿文芸時評―現代文学への架橋 1970・6～1973・12 昭50・2 河出書房新社
内的生活 昭50・4 講談社
言葉の棘 昭50・6 北洋社
架空のレッスン 昭52・7 小沢書店
知れざる炎―評伝中原中也 昭52・10 河出書房新社
批評のスタイル 昭53・12 アディン書房

内的な理由　昭54・1　構想社
舗石の思想　昭55・11　講談社
本の顔 本の声（書評集成）　昭57・5　福武書店
生の磁場―文芸時評1977～1981　昭57・7　小沢書店
こころの詭計　昭58・10　小沢書店
歩行と貝殻（小沢コレクション8）　昭60・5　小沢書店
魂と意匠―小林秀雄　昭60・11　講談社
恋愛の発見―現代文学の原像　昭62・10　小沢書店
簡単な生活者の意見　昭63・1　小沢書店
人生の検証　平2・3　新潮社
時代小説礼讃　平2・12　日本文芸社
歩行者の夢想（自選評論集）　平3・4　學藝書林
地下室の手記（新装版）　平3・5　日本文芸社
定本 内部の人間（新装版）　平3・6　小沢書店
路上の櫂歌　平6・8　小沢書店
信長　平8・3　新潮社
信長発見（対談とエッセイ）　平9・1　小沢書店
舗石の思想（小沢コレクション46）　平9・1　小沢書店
信長 秀吉 家康　平9・8　廣済堂出版
砂粒の私記　平9・9　講談社
作家と作品―私のデッサン集成　平10・4　小沢書店
片耳の話―言葉はこころの杖　平13・10　光芒社
神経と夢想―私の『罪と罰』　平15・2　講談社
信長と日本人―魂の言葉で語れ！　平16・8　飛鳥新社
小説家の誕生 瀬戸　平16・10　おうふう

内寂聴
批評の透き間　平17・1　鳥影社
私小説という人生　平18・12　新潮社
忠臣蔵　平20・11　新潮社
「生」の日ばかり　平23・7　講談社
私の文学遍歴 独白的回想　平25・12　作品社
「死」を前に書く、ということ 「生」の日ばかり　平26・3　講談社
沈黙を聴く（長谷川郁夫編）　平27・4　幻戯書房

【対談集ほか】
対談・私の文学　昭44・10　講談社
文学への問い（第一対談集）　昭50・11　徳間書店
文学の目覚める時（第二対談集）　昭54・11　徳間書店
文学のゆくえ（大河内昭爾・吉村昭との鼎談）　平9・11　蒼洋社（発売・おうふう）
現代の文学 別巻（戦後日本文学史・年表）（松原新一・磯田光一との共著）　昭53・2　講談社
増補改訂 戦後日本文学史・年表（松原新一・磯田光一との共著）　昭54・8　講談社
文学、内と外の思想―文学論ノート（大河内昭爾・吉村昭との共著）　平7・10　おうふう

【全集】

秋山駿批評Ⅰ 定本内部の人間 昭48・5 小沢書店
秋山駿批評Ⅱ 歩行と貝殻 昭50・6 小沢書店
秋山駿批評Ⅲ 壁の意識 昭51・8 小沢書店
秋山駿批評Ⅳ 内的生活 昭56・3 小沢書店
全集・現代文学の発見 第一〇巻 証言としての文学 昭43・6 學藝書林
New Writing in Japan 昭47 Penguin Books
昭和文学全集34 評論随想集Ⅱ 平1・12 小学館
新装版 全集・現代文学の発見 第一〇巻 証言としての文学 平16・4 學藝書林

【文庫】

知れざる炎―評伝中原中也（解＝加藤典洋） 平3・5 文芸文庫
人生の検証（解＝松山巌） 平8・8 新潮文庫
信長（解＝石原慎太郎） 平11・12 新潮文庫
信長 秀吉 家康 平12・11 学研M文庫
舗石の思想（解＝井口時男） 平14・9 文芸文庫
信長発見（解＝安部龍太郎） 平15・6 朝日文庫
内部の人間の犯罪（解＝井口時男） 平19・9 文芸文庫
小林秀雄と中原中也 平30・1 文芸文庫

（解＝井口時男）

信長（再刊　解＝石原慎太郎）　令4・12　朝日文庫

「著書目録」には原則として編著は入れなかった。／【文庫】の（　）内の略号は、解＝解説を示す。

（編集部作成）

本書は『簡単な生活者の意見』（一九八八年一月、小沢書店刊）を底本とし、ふりがなを調整しました。なお、今日の人権意識から見て不当ないし不適切と思われる語句や表現が本文中に存在しますが、著者が故人であること、時代背景、作品的価値に鑑み、そのままといたしました。御理解のほど、よろしくお願いいたします。

Kodansha Bungei bunko

簡単《かんたん》な生活者《せいかつしゃ》の意見《いけん》
秋山《あきやま》 駿《しゅん》

2025年4月10日第1刷発行

発行者……篠木和久
発行所……株式会社 講談社
〒112-8001 東京都文京区音羽2・12・21
電話 編集（03）5395・3513
販売（03）5395・5817
業務（03）5395・3615

デザイン……水戸部 功
印刷……株式会社ＫＰＳプロダクツ
製本……株式会社国宝社
本文データ制作……講談社デジタル製作

ISBN978-4-06-539137-2

講談社文芸文庫

秋山 駿
簡単な生活者の意見
解説＝佐藤洋二郎　年譜＝著者他
敗戦の夏、学校を抜け出し街を歩き回った少年は、やがて妻と住む団地から社会を注視する。虚偽に満ちた世相を奥底まで穿ち「生」の根柢とはなにかを問う言葉。
978-4-06-539137-2
あD5

水上 勉
わが別辞　導かれた日々
解説＝川村 湊
小林秀雄、大岡昇平、松本清張、中上健次、吉行淳之介——冥界に旅立った師友への感謝と惜別の情。昭和の文士たちの実像が鮮やかに目に浮かぶ珠玉の追悼文集。
978-4-06-538852-5
みB3